W9-BYR-617

COLLECTION FOLIO

Marguerite Duras

Écrire

Gallimard

© Éditions Gallimard, 1993.

L'événement de Vauville, je l'ai intitulé *La mort du jeune aviateur anglais.* En premier je l'ai raconté à Benoît Jacquot qui était venu me voir à Trouville. C'est lui qui a eu l'idée de me filmer lui racontant cette mort du jeune aviateur de vingt ans. Un film a donc été fait par Benoît Jacquot. L'image est de Caroline Champetier de Ribes, et le son de Michel Vionnet. Le lieu était mon appartement à Paris.

Ce film une fois fait, on est allé dans ma maison de Neauphle-le-Château. J'ai parlé de l'écriture. Je voulais tenter de parler de ça : Écrire. Et un deuxième film a été ainsi fait avec la même équipe et la même production — Sylvie Blum et Claude Guisard, de l'I.N.A.

Le texte appelé ici *Roma* a d'abord été un film intitulé : *Le dialogue de Rome*, financé par la R.A.I. à la demande de mon amie Giovanella Zanoni.

M. D.
Paris, juin 1993

Je dédie ce livre à la mémoire de W. J. Cliffe, mort à vingt ans, à Vauville, en mai 1944, à une heure restée indéterminée.

ÉCRIRE

C'est dans une maison qu'on est seul. Et pas au-dehors d'elle mais au-dedans d'elle. Dans le parc il y a des oiseaux, des chats. Mais aussi une fois, un écureuil, un furet. On n'est pas seul dans un parc. Mais dans la maison, on est si seul qu'on en est égaré quelquefois. C'est maintenant que je sais y être restée dix ans. Seule. Et pour écrire des livres qui m'ont fait savoir, à moi et aux autres, que j'étais l'écrivain que je suis. Comment est-ce que ça s'est passé ? Et comment peut-on le dire ? Ce que je peux dire c'est que la sorte de solitude de Neauphle a été faite par moi. Pour moi. Et que c'est seulement dans cette maison que je suis seule. Pour écrire. Pour écrire pas comme je l'avais fait jusque-là. Mais écrire des livres encore inconnus de moi et jamais encore décidés par moi et jamais décidés par personne. Là j'ai écrit *Le Ravissement de Lol V. Stein* et *Le Vice-consul.* Puis d'autres après ceux-là. J'ai compris que j'étais une personne seule avec mon écriture, seule très loin de tout. Ça a duré dix ans peut-être, je ne sais plus, j'ai rarement compté le temps passé à écrire ni le temps tout court. J'ai compté le temps passé à attendre Robert Antelme et Marie-Louise, sa jeune sœur. Après je n'ai plus rien compté.

Le Ravissement de Lol V. Stein et *Le Vice-consul,* je les ai écrits là-haut, dans ma chambre, celle aux armoires bleues, hélas maintenant détruites par des jeunes maçons. Quelquefois, j'écrivais aussi ici, à cette table-là du salon.

Cette solitude des premiers livres je l'ai gardée. Je l'ai emmenée avec moi. Mon écriture, je l'ai toujours emmenée avec moi où que j'aille. À Paris. À Trouville. Ou à New York. C'est à Trouville que j'ai arrêté dans la folie le devenir de Lola Valérie Stein. C'est aussi à Trouville que le nom de Yann Andréa Steiner m'est apparu avec une inoubliable évidence. Il y a un an.

La solitude de l'écriture c'est une solitude sans quoi l'écrit ne se produit pas, ou il s'émiette exsangue de chercher quoi écrire encore. Perd son sang, il n'est plus reconnu par l'auteur. Et avant tout il faut que jamais il ne soit dicté à quelque secrétaire, si habile soit-elle, et jamais à ce stade-là donné à lire à un éditeur.

Il faut toujours une séparation d'avec les autres gens autour de la personne qui écrit les livres. C'est une solitude. C'est la solitude de l'auteur, celle de l'écrit. Pour débuter la chose, on se demande ce que c'était ce silence autour de soi. Et pratiquement à chaque pas que l'on fait dans une maison et à toutes les heures de la journée, dans toutes les lumières, qu'elles soient du dehors ou des lampes allumées dans le jour. Cette solitude réelle du corps devient celle, inviolable, de l'écrit. Je ne parlais de ça à personne. Dans cette période-là de ma première solitude j'avais déjà découvert que c'était écrire qu'il fallait que je fasse. J'en avais déjà été confirmée par Raymond Queneau. Le seul jugement de Raymond Queneau, cette phrase-là : « Ne faites rien d'autre que ça, écrivez. »

Écrire, c'était ça la seule chose qui peuplait ma vie et qui l'enchantait. Je l'ai fait. L'écriture ne m'a jamais quittée.

Ma chambre ce n'est pas un lit, ni ici, ni à Paris, ni à Trouville. C'est une certaine fenêtre, une certaine table, des habitudes d'encre noire, de marques d'encres noires introuvables, c'est une certaine chaise. Et certaines habitudes que je retrouve toujours, où que j'aille, où que je sois, dans les lieux mêmes où je n'écris pas, comme les chambres d'hôtel par exemple, l'habitude d'avoir toujours du whisky dans ma valise dans le cas d'insomnies ou de désespoirs subits. Pendant cette période-là j'ai eu des amants. Je suis restée rarement sans du tout d'amants. Ils se faisaient à la solitude de Neauphle. Et à son charme elle leur a permis quelquefois, à leur tour, d'écrire des livres. Rarement à ces amants, je donnais mes livres à lire. Aux amants, les femmes ne doivent pas faire lire les livres qu'elles font. Quand je venais de terminer un chapitre, je le leur cachais. La chose est si vraie, quant à moi, que je me demande comment on fait ailleurs ou autrement quand on est une femme et qu'on a un mari ou un amant. On doit aussi, dans ce cas, cacher aux amants l'amour de son mari. Le mien n'a jamais été remplacé. Chaque jour de ma vie je le sais.

Cette maison, c'est le lieu de la solitude, pourtant elle donne sur une rue, sur une place, sur un très vieil étang, sur le groupe scolaire du village. Quand l'étang est glacé, il y a des enfants qui viennent patiner et qui m'empêchent de travailler. Je les laisse faire, ces enfants. Je les surveille. Toutes les femmes qui ont eu des enfants surveillent ces enfants-là, désobéissants, fous, comme tous les enfants. Mais quelle peur, chaque fois, la pire. Et quel amour.

On ne trouve pas la solitude, on la fait. La solitude elle se fait seule. Je l'ai faite. Parce que j'ai décidé que c'était là que je devrais être seule, que je serais seule pour écrire des livres. Ça s'est passé ainsi. J'ai été seule dans cette maison. Je m'y suis enfermée — j'avais peur aussi bien sûr. Et puis je l'ai aimée. Cette maison, elle est devenue celle de l'écriture. Mes livres sortent de cette maison. De cette lumière aussi, du parc. De cette lumière réverbérée de l'étang. Il m'a fallu vingt ans pour écrire ça que je viens de dire là.

On peut marcher dans cette maison dans toute sa longueur. Oui. On peut aussi y aller et venir. Et puis il y a le parc. Là, il y a les arbres millénaires et les arbres encore jeunes. Et il y a des mélèzes, des pommiers, un noyer, des pruniers, un cerisier. L'abricotier est mort. Devant ma chambre il y a ce rosier fabuleux de *L'Homme Atlantique.* Un saule. Il y a aussi les cerisiers du Japon, les iris. Et sous une fenêtre du salon de musique, il y a un camélia, planté pour moi par Dionys Mascolo.

J'ai d'abord meublé cette maison et puis je l'ai fait repeindre. Et puis c'est deux ans après peut-être que ma vie avec elle a commencé. J'ai fini *Lol V. Stein* ici, j'ai écrit la fin ici et à Trouville devant la mer. Seule, non, je n'étais pas seule, il y avait un homme avec moi pendant cette époque-là. Mais on ne se parlait pas. Comme j'écrivais, il fallait éviter de parler des livres. Les hommes ne le supportent pas : une femme qui écrit. C'est cruel pour l'homme. C'est difficile pour tous. Sauf pour Robert A.

À Trouville pourtant il y avait la plage, la mer, les immensités de ciels, de sables. Et c'était ça, ici, la solitude. C'est à Trouville que j'ai regardé la mer jusqu'au rien. Trouville c'est une solitude de ma vie entière. J'ai encore cette solitude, là, imprenable, autour de moi. Des fois je ferme les portes, je coupe le téléphone, je coupe ma voix, je ne veux plus rien.

Je peux dire ce que je veux, je ne trouverai jamais pourquoi on écrit et comment on n'écrit pas.

Quelquefois quand je suis seule ici, à Neauphle, je reconnais des objets comme un radiateur. Je me souviens qu'il y avait une grande planche sur le radiateur et que j'étais souvent assise, là, sur cette planche pour voir passer les autos.

Ici quand je suis seule, je ne joue pas du piano. Je joue pas mal, mais je joue très peu parce que je crois que je ne peux pas jouer quand je suis seule, quand il n'y a personne d'autre que moi dans la maison. C'est très difficile à supporter. Parce que ça paraît avoir un sens tout à coup. Or il n'y a que l'écriture qui a un sens dans certains cas personnels. Puisque je la manie, je la pratique. Tandis que le piano est un objet lointain encore inaccessible, et pour moi, toujours, tel. Je crois que si j'avais joué du piano en professionnelle, je n'aurais pas écrit de livres. Mais je n'en suis pas sûre. Je crois aussi que c'est faux. Je crois que j'aurais écrit des livres dans tous les cas, même dans ce cas de la musique parallèle. Des livres illisibles, entiers cependant. Aussi loin de toute parole que l'inconnu d'un amour sans objet. Comme celui du Christ ou de J. B. Bach — tous les deux d'une vertigineuse équivalence.

La solitude, ça veut dire aussi : Ou la mort, ou le livre. Mais avant tout ça veut dire l'alcool. Whisky, ça veut dire. Je n'ai jamais pu jusqu'ici, mais jamais, vraiment, ou alors il faudrait que je cherche loin… je n'ai jamais pu commencer un livre sans le terminer. Je n'ai jamais fait le livre qui ne soit pas déjà une raison d'être tandis qu'il est écrit, et ça, quel que soit le livre. Et partout. Dans toutes les saisons. Cette passion, je l'ai découverte ici dans les Yvelines, dans cette maison ici. J'avais enfin une maison où me cacher pour écrire des livres. Je voulais vivre dans cette maison. Pour quoi y faire ? Ça a commencé comme ça, comme une blague. Peut-être écrire, je me suis dit, je pourrais. J'avais déjà commencé des livres que j'avais abandonnés.

J'avais oublié même les titres. *Le Vice-consul*, non. Je ne l'ai jamais abandonné, j'y pense souvent. À *Lol V. Stein* je n'y pense plus. Personne ne peut la connaître, L. V. S., ni vous ni moi. Et même ce que Lacan en a dit, je ne l'ai jamais tout à fait compris. J'étais abasourdie par Lacan. Et cette phrase de lui : « Elle ne doit pas savoir qu'elle écrit ce qu'elle écrit. Parce qu'elle se perdrait. Et ça serait la catastrophe. » C'est devenu pour moi, cette phrase, comme une sorte d'identité de principe, d'un « droit de dire » totalement ignoré des femmes.

Se trouver dans un trou, au fond d'un trou, dans une solitude quasi totale et découvrir que seule l'écriture vous sauvera. Être sans sujet aucun de livre, sans aucune idée de livre c'est se trouver, se retrouver, devant un livre. Une immensité vide. Un livre éventuel. Devant rien. Devant comme une écriture vivante et nue, comme terrible, terrible à surmonter. Je crois que la personne qui écrit est sans idée de livre, qu'elle a les mains vides, la tête vide, et qu'elle ne connaît de cette aventure du livre que l'écriture sèche et nue, sans avenir, sans écho, lointaine, avec ses règles d'or, élémentaires : l'orthographe, le sens.

Le Vice-consul c'est un livre que partout on a crié sans voix. Je n'aime pas cette expression mais quand je relis le livre je retrouve ça, quelque chose comme ça. C'est vrai, il hurlait chaque jour le vice-consul... mais d'un lieu pour moi secret. Comme chaque jour on prie, lui il hurlait. C'est vrai ça, il criait fort et dans les nuits de Lahore il tirait sur les jardins de Shalimar pour tuer. N'importe qui, mais tuer. Il tuait pour tuer. Du moment que n'importe qui c'était l'Inde entière en état de décomposition. Il hurlait chez lui, à la Résidence, et quand il était seul dans la nuit noire de Calcutta désert. Il est fou, fou d'intelligence le vice-consul. Il tue Lahore toutes les nuits.

Je ne l'ai jamais retrouvé ailleurs, je ne l'ai retrouvé que dans l'acteur qui l'a joué, mon ami, le génial Michael Lonsdale — même dans ses autres rôles, pour moi, il est encore le vice-consul de France à Lahore. Il est mon ami, mon frère.

Le vice-consul c'est celui en qui je crois. Le cri du vice-consul, « la seule politique », il a aussi été enregistré, ici, à Neauphle-le-Château. C'est ici qu'il l'a appelée, elle, ici, oui. Elle, A.-M. S., Anna-Maria Guardi. C'était Elle, Delphine Seyrig. Et tous les gens du film pleuraient. C'était des pleurs libres, sans connaissance du sens qu'ils avaient, inévitables, les vrais pleurs, ceux des peuples de la misère.

Dans la vie il arrive un moment, et je pense que c'est fatal, auquel on ne peut pas échapper, où tout est mis en doute : le mariage, les amis, surtout les amis du couple. Pas l'enfant. L'enfant n'est jamais mis en doute. Et ce doute grandit autour de soi. Ce doute, il est seul, il est celui de la solitude. Il est né d'elle, de la solitude. On peut déjà nommer le mot. Je crois que beaucoup de gens ne pourraient pas supporter ça que je dis là, ils se sauveraient. C'est peut-être pour cette raison que chaque homme n'est pas un écrivain. Oui. C'est ça, la différence. C'est ça la vérité. Rien d'autre. Le doute, c'est écrire. Donc c'est l'écrivain, aussi. Et avec l'écrivain tout le monde écrit. On l'a toujours su.

Je crois aussi que sans ce doute premier du geste vers l'écriture il n'y a pas de solitude. Personne n'a jamais écrit à deux voix. On a pu chanter à deux voix, faire de la musique aussi, et du tennis, mais écrire, non. Jamais. J'ai tout de suite fait des livres dits politiques. Le premier est *Abahn Sabana David*, un de ceux qui m'est le plus cher. Je crois que c'est un détail ça, qu'un livre soit plus ou moins difficile à mener que la vie ordinaire. Simplement ça existe, la difficulté. Un livre est difficile à mener, vers le lecteur, dans la direction de sa lecture. Si je n'avais pas écrit je serais devenue une incurable de l'alcool. C'est un état pratique d'être perdu sans plus pouvoir écrire... C'est là qu'on boit. Du moment qu'on est perdu et qu'on n'a donc plus rien à écrire, à perdre, on écrit. Tandis que le livre il est là et qu'il crie qu'il exige d'être terminé, on écrit. On est obligé de se mettre à son rang. C'est impossible de jeter un livre pour toujours avant qu'il ne soit tout à fait écrit — c'est-à-dire : seul et libre de vous qui l'avez écrit. C'est aussi insupportable qu'un crime. Je ne crois pas les gens qui disent : « J'ai déchiré mon manuscrit, j'ai tout jeté. » Je n'y crois pas. Ou bien ça n'existait pas pour les autres, ce qui était écrit, ou bien ce n'était pas un livre. Et quand ce n'est pas un livre, on le sait toujours. Quand ce ne sera jamais un livre, non, on ne le sait pas. Jamais.

Quand je me couchais, je me cachais le visage. J'avais peur de moi. Je ne sais pas comment je ne sais pas pourquoi. Et c'est pour ça que je buvais de l'alcool avant de dormir. Pour m'oublier, moi. Ça passe tout de suite dans le sang, et après on dort. C'est angoissant la solitude alcoolique. Le cœur, oui c'est ça. Ça bat très vite tout à coup.

Tout écrivait quand j'écrivais dans la maison. L'écriture était partout. Et quand je voyais des amis, parfois je les reconnaissais mal. Il y a eu plusieurs années comme ça, difficiles, pour moi, oui, dix ans peut-être, ça a duré. Et quand des amis même très chers venaient me voir, c'était aussi terrible. Ils savaient rien de moi, les amis : ils me voulaient du bien et ils venaient par gentillesse croyant bien faire. Et le plus étrange, c'était que je n'en pensais rien.

Ça rend sauvage l'écriture. On rejoint une sauvagerie d'avant la vie. Et on la reconnaît toujours, c'est celle des forêts, celle ancienne comme le temps. Celle de la peur de tout, distincte et inséparable de la vie même. On est acharné. On ne peut pas écrire sans la force du corps. Il faut être plus fort que soi pour aborder l'écriture, il faut être plus fort que ce qu'on écrit. C'est une drôle de chose, oui. C'est pas seulement l'écriture, l'écrit, c'est les cris des bêtes de la nuit, ceux de tous, ceux de vous et de moi, ceux des chiens. C'est la vulgarité massive, désespérante, de la société. La douleur, c'est Christ aussi et Moïse et les pharaons et tous les juifs, et tous les enfants juifs, et c'est aussi le plus violent du bonheur. Toujours, je crois ça.

Cette maison de Neauphle-le-Château, je l'ai achetée avec les droits de cinéma de mon livre *Un barrage contre le Pacifique.* Elle m'appartenait, elle était à mon nom. Cet achat a précédé la folie de l'écriture. Cette espèce de volcan. Je pense que cette maison y est pour beaucoup. Elle me consolait, la maison, de toutes mes peines d'enfant. En l'achetant j'ai su très vite que j'avais fait quelque chose d'important, pour moi, et de définitif. Et quelque chose pour moi seule et pour mon enfant, cela pour la première fois de ma vie. Et je m'en occupais. Et je la nettoyais. Je m'en suis beaucoup « occupée ». Après, quand j'ai été embarquée dans mes livres, je m'en suis occupée moins.

Ça va très loin, l'écriture... Jusqu'à en finir avec. C'est quelquefois intenable. Tout prend un sens tout à coup par rapport à l'écrit, c'est à devenir fou. Les gens qu'on connaît on ne les connaît plus et ceux qu'on ne connaît pas on croit les avoir attendus. C'était sans doute simplement que j'étais déjà, un peu plus que les autres gens, fatiguée de vivre. C'était un état de douleur sans souffrance. Je ne cherchais pas à me protéger des autres gens, surtout des gens qui me connaissaient. Ce n'était pas triste. C'était désespéré. J'étais embarquée dans le travail le plus difficile de ma vie : mon amant de Lahore, écrire sa vie. Écrire *Le Vice-consul.* J'ai dû mettre trois ans à le faire, ce livre-là. Je ne pouvais pas en parler parce que la moindre intrusion dans le livre, le moindre avis « objectif » aurait tout effacé de ce livre-là. Une autre écriture de moi, corrigée, aurait détruit l'écriture du livre et mon savoir à moi sur ce livre-là. Cette illusion qu'on a — et qui est juste — d'être le seul à avoir écrit ce qu'on a écrit, que ce soit nul ou merveilleux. Et quand je lisais des critiques, la plupart du temps j'étais sensible au fait qu'on y disait que *ça ne ressemblait à rien.* C'est-à-dire que ça rejoignait la solitude initiale de l'auteur.

Cette maison ici à Neauphle je croyais l'avoir aussi achetée pour mes amis, les recevoir, mais je me trompais. Je l'avais achetée pour moi. C'est maintenant seulement que je le sais et que je le dis. Certains soirs il y avait beaucoup d'amis, les Gallimard venaient souvent et leurs femmes et leurs amis. Il y en avait beaucoup, des Gallimard, quinze peut-être, quelquefois. Je demandais qu'on vienne un peu avant pour mettre les tables dans une seule pièce afin qu'on soit ensemble. Ces soirées-là que je dis étaient pour tous très heureuses. Les plus heureuses de toutes. Il y avait toujours Robert Antelme et Dionys Mascolo et leurs amis. Et mes amants aussi, surtout Gérard Jarlot qui était le séducteur même, et qui était devenu lui aussi un ami des Gallimard.

Quand il y avait du monde j'étais à la fois moins seule et plus abandonnée. Cette solitude, pour l'aborder, il faut en passer par la nuit. Dans la nuit, imaginer Duras dans son lit en train de dormir seule dans une maison de quatre cents mètres carrés. Quand j'allais jusqu'au bout de la maison, là-bas, vers la « petite maison », j'avais peur de l'espace comme d'un piège. Je peux dire que tous les soirs j'avais peur. Et pourtant je n'ai jamais fait un geste pour que quelqu'un vienne habiter là. Quelquefois le soir je sortais tard. C'étaient des randonnées que j'aimais, avec des gens du village, des amis, des habitants de Neauphle. On buvait. On parlait, beaucoup. On allait dans une sorte de cafétéria grande comme un village de plusieurs hectares. C'était comble à trois heures du matin. Le nom me revient : c'était Parly II. Ce sont des lieux où on était perdu aussi. Là les garçons surveillaient comme des flics cette espèce d'immense territoire de notre solitude.

Ce n'est pas une maison de campagne, ici, cette maison. On ne peut pas dire ça. C'était une ferme d'abord, avec l'étang, et puis ça a été la maison de campagne d'un notaire, le grand Notariat parisien.

Quand on m'a ouvert la porte d'entrée, j'ai vu le parc. Ça a duré quelques secondes. J'ai dit oui, que j'achetais la maison dès l'entrée franchie. Je l'ai achetée séance tenante. J'ai payé de même, en espèces.

Maintenant elle est devenue une maison de toutes les saisons. Et je l'ai aussi donnée à mon fils. Elle est à nous deux. Il est aussi attaché à elle qu'à moi, maintenant je le crois. Il a tout gardé de moi dans cette maison. Je peux encore y être seule. J'ai ma table, mon lit, mon téléphone, mes tableaux, et mes livres. Et des scenarii de mes films. Et quand je vais dans cette maison, mon fils en est très heureux. Ce bonheur-là, de mon fils, c'est celui de ma vie maintenant.

C'est curieux un écrivain. C'est une contradiction et aussi un non-sens. Écrire c'est aussi ne pas parler. C'est se taire. C'est hurler sans bruit. C'est reposant un écrivain, souvent, ça écoute beaucoup. Ça ne parle pas beaucoup parce que c'est impossible de parler à quelqu'un d'un livre qu'on a écrit et surtout d'un livre qu'on est en train d'écrire. C'est impossible. C'est à l'opposé du cinéma, à l'opposé du théâtre, et autres spectacles. C'est à l'opposé de toutes les lectures. C'est le plus difficile de tout. C'est le pire. Parce qu'un livre c'est l'inconnu, c'est la nuit, c'est clos, c'est ça. C'est le livre qui avance, qui grandit, qui avance dans les directions qu'on croyait avoir explorées, qui avance vers sa propre destinée et celle de son auteur, alors anéanti par sa publication : sa séparation d'avec lui, le livre rêvé, comme l'enfant dernier-né, toujours le plus aimé.

Un livre ouvert c'est aussi la nuit.

Je ne sais pas pourquoi, ces mots que je viens de dire me font pleurer.

Écrire quand même malgré le désespoir. Non : avec le désespoir. Quel désespoir, je ne sais pas le nom de celui-là. Écrire à côté de ce qui précède l'écrit c'est toujours le gâcher. Et il faut cependant accepter ça : gâcher le ratage c'est revenir vers un autre livre, vers un autre possible de ce même livre.

Cette perdition de soi dans la maison n'est pas du tout volontaire. Je ne disais pas : « Je suis enfermée ici tous les jours de l'année. » Je ne l'étais pas, ç'aurait été faux de le dire. J'allais faire des courses, j'allais au café. Mais j'étais ici en même temps. Le village et la maison c'est pareil. Et la table devant l'étang. Et l'encre noire. Et le papier blanc c'est pareil. Et pour les livres, non, tout à coup, c'est jamais pareil.

Avant moi, personne dans cette maison n'avait écrit. J'ai demandé au maire, aux voisins, aux commerçants. Non. Jamais. J'ai téléphoné souvent à Versailles pour essayer de savoir le nom des gens qui avaient habité cette maison. Dans la suite des noms des habitants et de leurs prénoms et de leur activité, il n'y avait aucun écrivain. Or tous ces noms auraient pu être des noms d'écrivains. Tous. Mais non. C'étaient des fermes de famille de par ici. Ce que j'ai trouvé dans la terre c'étaient les poubelles allemandes. La maison avait en effet été occupée par des officiers allemands. Leurs poubelles c'étaient des trous, des trous dans la terre. Il y avait beaucoup de coquilles d'huîtres, des boîtes vides de denrées chères, avant tout de foie gras, de caviar. Et beaucoup de vaisselle cassée. On a tout jeté. Sauf des débris de vaisselle, sans aucun doute de Sèvres, les dessins étaient intacts. Et le bleu était du bleu innocent des yeux de certains de nos enfants.

Quand un livre est fini — un livre qu'on a écrit j'entends — on ne peut plus dire en le lisant que ce livre-là c'est un livre que vous avez écrit, ni quelles choses y ont été écrites, ni dans quel désespoir ou dans quel bonheur, celui d'une trouvaille ou bien d'une faillite de tout votre être. Parce que, à la fin, dans un livre, rien de pareil ne peut se voir. L'écriture est uniforme en quelque sorte, assagie. Rien n'arrive plus dans un tel livre, terminé et distribué. Et il rejoint l'innocence indéchiffrable de sa venue au monde.

Être seule avec le livre non encore écrit, c'est être encore dans le premier sommeil de l'humanité. C'est ça. C'est aussi être seule avec l'écriture encore en friche. C'est essayer de ne pas en mourir. C'est être seule dans un abri pendant la guerre. Mais sans prière, sans Dieu, sans pensée aucune sauf ce désir fou de tuer la Nation allemande jusqu'au dernier nazi.

L'écriture a toujours été sans référence aucune ou bien elle est... Elle est encore comme au premier jour. Sauvage. Différente. Sauf les gens, les personnes qui circulent dans le livre, on ne les oublie jamais dans le travail et jamais elles ne sont regrettées par l'auteur. Non, de cela je suis sûre, non, l'écriture d'un livre, l'écrit. Donc c'est toujours la porte ouverte vers l'abandon. Il y a le suicide dans la solitude d'un écrivain. On est seul jusque dans sa propre solitude. Toujours inconcevable. Toujours dangereux. Oui. Un prix à payer pour avoir osé sortir et crier.

Dans la maison c'était au premier étage que j'écrivais, je n'écrivais pas en bas. Après j'ai écrit au contraire dans la grande pièce centrale du rez-de-chaussée pour être moins seule, peut-être, je ne sais plus, et aussi pour voir le parc.

Il y a ça dans le livre : la solitude y est celle du monde entier. Elle est partout. Elle a tout envahi. Je crois toujours à cet envahissement. Comme tout le monde. La solitude c'est ce sans quoi on ne fait rien. Ce sans quoi on ne regarde plus rien. C'est une façon de penser, de raisonner, mais avec la seule pensée quotidienne. Il y a ça aussi dans la fonction d'écrire et avant tout peut-être se dire qu'il ne faut pas se tuer tous les jours du moment que tous les jours on peut se tuer. C'est ça l'écriture du livre, ce n'est pas la solitude. Je parle de la solitude mais je n'étais pas seule puisque j'avais ce travail à mener à bien jusqu'à la clarté, ce travail de forçat : écrire *Le Vice-consul de France à Lahore.* Et il a été fait et traduit dans les langues du monde entier, et il a été gardé. Et dans ce livre le vice-consul tire sur la lèpre, sur les lépreux, les misérables, sur les chiens et puis il tire sur les Blancs, les gouverneurs blancs. Il tuait tout sauf elle, celle qui au matin d'un certain jour s'est noyée dans le Delta, Lola Valérie Stein, cette Reine de mon enfance et de S. Thala, cette femme du gouverneur de Vinh Long.

Ce livre a été le premier livre de ma vie. C'était à Lahore, et aussi là, au Cambodge, dans les plantations, c'était partout. *Le Vice-consul* débute par l'enfant de quinze ans qui est enceinte, la petite Annamite chassée de chez sa mère et qui tourne dans ce massif de marbre bleu de Pursat. Je ne sais plus comment après ça continue. Je me souviens que j'ai eu beaucoup de mal à trouver cet endroit-là, cette montagne de Pursat où je n'étais jamais allée. La carte était là sur mon bureau et j'ai suivi les sentiers de la marche des mendiants et des enfants aux jambes cassées, sans plus de regard, jetés par leurs mères, et qui mangeaient les ordures. C'était un livre très difficile à faire. Il n'y avait pas de plan possible pour dire l'amplitude du malheur parce qu'il n'y avait plus rien des événements visibles qui l'auraient provoquée. Il n'y avait plus que la Faim et la Douleur.

Il n'y avait pas d'enchaînement entre les événements de nature sauvage, donc il n'y avait jamais de programmation. Il n'y en a jamais eu dans ma vie. Jamais. Ni dans ma vie ni dans mes livres, pas une seule fois.

J'écrivais tous les matins. Mais sans horaire aucun. Jamais. Sauf pour la cuisine. Je savais quand il fallait venir pour que ça bouille ou que ça ne brûle pas. Et pour les livres je le savais aussi. Je le jure. Tout, je le jure. Je n'ai jamais menti dans un livre. Ni même dans ma vie. Sauf aux hommes. Jamais. Et ça parce que ma mère m'avait fait peur avec le mensonge qui tuait les enfants menteurs.

Je crois que c'est ça que je reproche aux livres, en général, c'est qu'ils ne sont pas libres. On le voit à travers l'écriture : ils sont fabriqués, ils sont organisés, réglementés, conformes on dirait. Une fonction de révision que l'écrivain a très souvent envers lui-même. L'écrivain, alors il devient son propre flic. J'entends par là la recherche de la bonne forme, c'est-à-dire de la forme la plus courante, la plus claire et la plus inoffensive. Il y a encore des générations mortes qui font des livres pudibonds. Même des jeunes : des livres *charmants*, sans prolongement aucun, sans nuit. Sans silence. Autrement dit : sans véritable auteur. Des livres de jour, de passe-temps, de voyage. Mais pas des livres qui s'incrustent dans la pensée et qui disent le deuil noir de toute vie, le lieu commun de toute pensée.

Je ne sais pas ce que c'est un livre. Personne ne le sait. Mais on sait quand il y en a un. Et quand il n'y a rien, on le sait comme on sait qu'on est, pas encore mort.

Chaque livre comme chaque écrivain a un passage difficile, incontournable. Et il doit prendre la décision de laisser cette erreur dans le livre pour qu'il reste un vrai livre, pas menti. La solitude je ne sais pas encore ce qu'elle devient après. Je ne peux pas encore en parler. Ce que je crois c'est que cette solitude, elle devient banale, à la longue elle devient vulgaire, et que c'est heureux.

Quand j'ai parlé pour la première fois de cet amour entre Anne-Marie Stretter, l'ambassadrice de France à Lahore, et le vice-consul, j'ai eu le sentiment d'avoir détruit le livre, de l'avoir sorti de l'attente. Mais non, non seulement ça a tenu, mais ça a été le contraire. Il y a aussi les erreurs des auteurs, des choses comme ça qui sont en fait des chances. C'est très enthousiasmant les erreurs réussies, magnifiques, et même les autres, celles faciles comme relevant de l'enfance, c'est souvent merveilleux.

Les livres des autres, je les trouve souvent « propres », mais souvent comme relevant d'un classicisme sans risque aucun. Fatal serait le mot sans doute. Je ne sais pas.

Les grandes lectures de ma vie, celles de moi seule, c'est celles écrites par des hommes. C'est Michelet. Michelet et encore Michelet, jusqu'aux larmes. Les textes politiques aussi, mais déjà moins. C'est Saint-Just, Stendhal, et bizarrement ce n'est pas Balzac. Le Texte des textes, c'est l'Ancien Testament.

Je ne sais pas comment je me suis tirée de ce qu'on pourrait appeler une crise, comme on dirait crise de nerfs ou crise de lenteur, de dégradation, comme serait un sommeil feint. La solitude, c'était ça aussi. Une sorte d'écriture. Et lire c'était écrire.

Certains écrivains sont épouvantés. Ils ont peur d'écrire. Ce qui a joué dans mon cas, c'est peut-être que je n'ai jamais eu peur de cette peur-là. J'ai fait des livres incompréhensibles et ils ont été lus. Il y en a un que j'ai lu récemment, que je n'avais pas relu depuis trente ans, et que je trouve magnifique. Il a pour titre : *La Vie tranquille.* De celui-là j'avais tout oublié sauf la dernière phrase : « Personne n'avait vu l'homme se noyer que moi. » C'est un livre fait d'une traite, dans la logique banale et très sombre d'un meurtre. Dans ce livre-là on peut aller plus loin que le livre lui-même, que le meurtre du livre. On va on ne sait pas où, vers l'adoration de la sœur sans doute, l'histoire d'amour de la sœur et du frère, encore, oui, celle pour l'éternité d'un amour éblouissant, inconsidéré, puni.

Nous sommes des malades de l'espoir, nous, ceux de 68, l'espoir c'est celui que l'on met dans le rôle du prolétariat. Et nous, aucune loi, rien, ni personne ni rien, ne nous guérira de cet espoir. Je voudrais me réinscrire au P.C. Mais en même temps je sais qu'il ne faudrait pas. Et je voudrais aussi m'adresser à la droite et l'insulter de toute ma colère. L'insulte, c'est aussi fort que l'écriture. C'est une écriture mais adressée. J'ai insulté des gens dans mes articles et c'est aussi assouvissant qu'écrire un beau poème. Je fais une différence radicale entre un homme de gauche et un homme de droite. Ce sont les mêmes personnes on dirait. Dans la gauche, il y avait Bérégovoy que personne ne remplacera. Le Bérégovoy numéro un c'est Mitterrand qui ne ressemble à personne non plus.

Moi je ressemble à tout le monde. Je crois que jamais personne ne s'est retourné sur moi dans la rue. Je suis la banalité. Le triomphe de la banalité. Comme cette vieille dame du livre : *Le Camion.*

À vivre comme ça, comme je vous dis que je vivais, dans cette solitude, à la longue il y a des risques qu'on encourt. C'est inévitable. Dès que l'être humain est seul il bascule dans la déraison. Je le crois : je crois que la personne livrée à elle seule est déjà atteinte de folie parce que rien ne l'arrête dans le surgissement d'un délire personnel.

On n'est jamais seul. On n'est jamais seul physiquement. Nulle part. On est toujours quelque part. On entend les bruits dans la cuisine, ceux de la télé, ou de la radio, dans les appartements proches, et dans tout l'immeuble. Surtout quand on n'a jamais demandé le silence comme je l'ai toujours fait.

J'aimerais raconter l'histoire que j'ai racontée une première fois à Michelle Porte qui avait fait un film sur moi. À ce moment-là de l'histoire, je me trouvais dans ce qu'on appelait la *dépense* dans la «petite» maison avec laquelle communique la grande maison. J'étais seule. J'attendais Michelle Porte dans cette dépense-là. Je reste souvent ainsi seule dans des endroits calmes et vides. Longtemps. Et c'est dans ce silence-là, ce jour-là, que tout à coup j'ai vu et entendu à ras du mur, très près de moi, les dernières minutes de la vie d'une mouche ordinaire.

Je me suis assise par terre pour ne pas l'effrayer. Je n'ai plus bougé.

J'étais seule avec elle dans toute l'étendue de la maison. Je n'avais jamais pensé aux mouches jusque-là, sauf sans doute pour les maudire. Comme vous. J'ai été élevée comme vous dans l'horreur de cette calamité du monde entier, celle qui amenait la peste et le choléra.

Je me suis approchée pour la regarder mourir.

Elle voulait échapper au mur où elle risquait d'être prisonnière du sable et du ciment qui se déposaient sur ce mur avec l'humidité du parc. J'ai regardé comment une mouche ça mourait. Ça a été long. Elle se débattait contre la mort. Ça a peut-être duré entre dix et quinze minutes et puis ça s'est arrêté. La vie avait dû s'arrêter. Je suis restée pour voir encore. La mouche est restée contre le mur comme je l'avais vue, comme scellée à lui.

Je me trompais : elle était encore vivante.

Je suis encore restée là à la regarder, dans l'espoir qu'elle allait recommencer à espérer, à vivre.

Ma présence faisait cette mort plus atroce encore. Je le savais et je suis restée. Pour voir. Voir comment cette mort progressivement envahirait la mouche. Et aussi essayer de voir d'où surgissait cette mort. Du dehors, ou de l'épaisseur du mur, ou du sol. De quelle nuit elle venait, de la terre ou du ciel, des forêts proches, ou d'un néant encore innommable, très proche peut-être, de moi peut-être qui essayais de retrouver les trajets de la mouche en train de passer dans l'éternité.

Je ne sais plus la fin. Sans doute la mouche, à bout de forces, est-elle tombée. Que les pattes se sont décollées du mur. Et qu'elle est tombée du mur. Je ne sais plus rien sauf que je suis partie de là. Je me suis dit : « Tu es en train de devenir folle. » Et je suis partie de là.

Quand Michelle Porte est arrivée, je lui ai montré l'endroit et je lui ai dit qu'une mouche était morte là à trois heures vingt. Michelle Porte a ri beaucoup. Elle a eu un fou rire. Elle avait raison. Je lui ai souri pour que cette histoire finisse. Mais non : elle a encore ri. Et moi quand je vous la raconte, comme ça, dans la vérité, dans ma vérité, c'est ce que je viens de vous dire, ce qui a été vécu entre la mouche et moi et qui ne se prête pas encore à rire.

La mort d'une mouche, c'est la mort. C'est la mort en marche vers une certaine fin du monde, qui étend le champ du sommeil dernier. On voit mourir un chien, on voit mourir un cheval, et on dit quelque chose, par exemple, pauvre bête... Mais qu'une mouche meure, on ne dit rien, on ne consigne pas, rien.

Maintenant c'est écrit. C'est ce genre de dérapage-là peut-être — je n'aime pas ce mot — très sombre, que l'on risque d'encourir. Ce n'est pas grave mais c'est un événement à lui seul, total, d'un sens énorme : d'un sens inaccessible et d'une étendue sans limites. J'ai pensé aux juifs. J'ai haï l'Allemagne comme aux premiers jours de la guerre, de tout mon corps, de toute ma force. De même que pendant la guerre, à chaque Allemand dans la rue, je pensais à son meurtre par moi opéré, par moi inventé, perfectionné, à ce bonheur colossal d'un corps allemand par moi, tué.

C'est bien aussi si l'écrit amène à ça, à cette mouche-là, en agonie, je veux dire : écrire l'épouvante d'écrire. L'heure exacte de la mort, consignée, la rendait déjà inaccessible. Ça lui donnait une importance d'ordre général, disons une place précise dans la carte générale de la vie sur la terre.

Cette précision de l'heure à laquelle elle était morte faisait que la mouche avait eu des funérailles secrètes. Vingt ans après sa mort, la preuve en est faite ici, on parle d'elle encore.

Jamais je n'avais raconté la mort de cette mouche, sa durée, sa lenteur, sa peur atroce, sa vérité.

La précision de l'heure de la mort renvoie à la coexistence avec l'homme, avec les peuples colonisés, avec la masse fabuleuse des inconnus du monde, les gens seuls, ceux de la solitude universelle. Elle est partout, la vie. De la bactérie à l'éléphant. De la terre aux cieux divins ou déjà morts.

Je n'avais rien organisé autour de la mort de la mouche. Les murs blancs, lisses, son linceul étaient là déjà et ont fait que sa mort était devenue un événement public, naturel et inévitable. Cette mouche-là était manifestement au bout de sa vie. Je ne pouvais pas m'empêcher de la voir mourir. Elle ne bougeait plus. Il y avait ça aussi, et de savoir aussi qu'on ne peut pas raconter que cette mouche a existé.

Il y a vingt ans de ça. Je n'avais jamais raconté cet événement comme je viens de le faire, même pas à Michelle Porte. Ce que je savais encore — ce que je voyais, c'est que la mouche *savait* déjà que cette glace qui la traversait c'était la mort. C'était ça le plus effrayant. Le plus inattendu. Elle savait. Et elle acceptait.

Une maison seule, ça n'existe pas comme ça. Il faut du temps autour d'elle, des gens, des histoires, des « tournants », des choses comme le mariage ou la mort de cette mouche-là, la mort, la mort banale — celle de l'unité et du nombre à la fois, la mort planétaire, prolétaire. Celle par les guerres, ces montagnes des guerres de la Terre.

Ce jour. Celui daté, d'un rendez-vous avec mon amie Michelle Porte, vue par moi seule, ce jour-là sans heure aucune, une mouche était morte.

Au moment où moi je la regardais il a été tout à coup trois heures vingt de l'après-midi et des poussières : le bruit des élytres a cessé.

La mouche était morte.

Cette reine. Noire et bleue.

Celle-là, celle que j'avais vue, moi, elle était morte. Lentement. Elle s'était débattue jusqu'au dernier soubresaut. Et puis elle avait cédé. Ça a peut-être duré entre cinq et huit minutes. Ça avait été long. C'était un moment d'absolue frayeur. Et ça a été le départ de la mort vers d'autres cieux, d'autres planètes, d'autres lieux.

Je voulais me sauver et je me disais en même temps qu'il me fallait regarder vers ce bruit par terre, pour quand même avoir entendu, une fois, ce bruit de flambée de bois vert de la mort d'une mouche ordinaire.

Oui. C'est ça, cette mort de la mouche, c'est devenu ce déplacement de la littérature. On écrit sans le savoir. On écrit à regarder une mouche mourir. On a le droit de le faire.

Michelle Porte, elle a eu un fou rire quand j'ai dit l'heure à laquelle cette mouche était morte. Et c'est maintenant que je pense que peut-être ce n'était pas moi qui avais raconté cette mort de façon risible. J'étais à ce moment-là privée de moyens de l'exprimer parce que je regardais cette mort, l'agonie de cette mouche noire et bleue.

La solitude est toujours accompagnée de folie. Je le sais. On ne voit pas la folie. Quelquefois seulement on la pressent. Je ne crois pas qu'il puisse en être autrement. Quand on sort tout de soi, tout un livre, on est forcément dans l'état particulier d'une certaine solitude qu'on ne peut partager avec personne. On ne peut rien faire partager. On doit lire seul le livre qu'on a écrit, cloîtré dans le livre. Ça a évidemment un aspect religieux mais on ne le ressent pas comme tel sur-le-champ, on peut y penser après coup (comme en ce moment je le pense) en raison de quelque chose qui serait la vie, par exemple, ou d'une solution à la vie du livre, de la parole, des cris, des hurlements sourds, silencieusement terribles de tous les peuples du monde.

Autour de nous, tout écrit, c'est ça qu'il faut arriver à percevoir, tout écrit, la mouche, elle, elle écrit, sur les murs, elle a beaucoup écrit dans la lumière de la grande salle, réfractée par l'étang. Elle pourrait tenir dans une page entière, l'écriture de la mouche. Alors elle serait une écriture. Du moment qu'elle pourrait l'être, elle est déjà une écriture. Un jour, peut-être, au cours des siècles à venir, on lirait cette écriture, elle serait déchiffrée elle aussi, et traduite. Et l'immensité d'un poème illisible se déploierait dans le ciel.

Mais quand même, quelque part dans le monde, on fait des livres. Tout le monde en fait. Moi, je le crois. Je suis sûre que c'est comme ça. Que pour Blanchot, par exemple, c'est comme ça. Il a la folie qui tourne autour de lui. C'est la mort aussi, la folie. Pas pour Bataille. Pourquoi Bataille était à l'abri de la pensée libre, folle ? Je ne saurais pas le dire.

De l'histoire de la mouche, je voudrais dire encore un peu plus.

Je la vois encore, elle, cette mouche-là, sur le mur blanc, mourir. Dans la lumière solaire d'abord, et puis dans la lumière réfractée et sombre du sol carrelé.

On peut aussi ne pas écrire, oublier une mouche. Seulement la regarder. Voir comme à son tour, elle se débattait, d'une façon terrible et comptabilisée dans un ciel inconnu et de rien.

Voilà, c'est tout.

Je vais parler de rien.

De rien.

Toutes les maisons à Neauphle sont habitées : l'hiver, plus ou moins, certes, mais elles sont quand même habitées. Elles ne sont pas réservées à l'été comme souvent. Elles sont toute l'année, ouvertes, habitées.

Ce qui compte dans cette maison de Neauphle-le-Château ce sont les fenêtres sur le parc et la route de Paris devant la maison. Celle par où passent les femmes de mes livres.

J'ai beaucoup dormi là dans cette pièce qui est devenue le salon. J'ai cru longtemps qu'une chambre à coucher c'était conventionnel. C'est quand j'y ai travaillé qu'elle m'est devenue indispensable comme les autres chambres, même celles, vides, des étages. La glace du salon était aux propriétaires qui m'ont précédée. Ils me l'ont laissée. Le piano, je l'ai acheté tout de suite après la maison, presque le même prix.

Le long de la maison, il y a encore cent ans, il y avait un chemin pour les bestiaux venir boire dans l'étang. L'étang est maintenant dans mon parc. Et les bestiaux il n'y en a plus. Le lait frais du matin, de même, c'est fini dans le village. Depuis cent ans.

C'est vraiment quand on tourne un film ici que la maison apparaît comme l'autre maison, celle qu'une fois elle a été pour les autres gens avant nous. Dans sa solitude, sa grâce, elle se montre tout à coup comme une autre maison qui appartiendrait à encore d'autres gens. Comme si une chose aussi monstrueuse que la dépossession de cette maison pouvait s'envisager.

L'endroit où l'on met les fruits, les légumes, le beurre salé pour les garder au frais à l'intérieur... Il y avait une pièce comme ça... obscure et fraîche... je crois que c'est ça, une *dépense*, oui c'est ça. C'est le mot. Pour les réserves de guerre les mettre à l'abri.

Les premières plantes qu'il y a eu ici, ce sont celles-là qui sont sur la margelle des fenêtres de l'entrée. C'est le géranium rosa venu du sud de l'Espagne. Odorant comme l'Orient.

On ne jette jamais les fleurs dans cette maison. C'est une habitude, ce n'est pas une consigne. Jamais, même mortes, on les laisse là. Il y a des pétales de roses qui sont là depuis quarante ans dans un bocal. Elles sont encore très roses. Sèches et Roses.

Le problème, toute l'année, c'est le crépuscule. Été comme hiver.

Il y a le premier crépuscule, celui en été, et il ne faut pas allumer à l'intérieur.

Et puis il y a le vrai, le crépuscule d'hiver. Quelquefois, on ferme les volets pour ne pas le voir. Il y a les chaises aussi, on les range pour l'été. La terrasse, c'est là qu'on se tient tous les étés. Qu'on parle avec les amis qui viennent dans la journée. Pour ça, souvent, parler.

C'est chaque fois triste, mais pas tragique, l'hiver, la vie, l'injustice. L'horreur absolue un certain matin.

C'est seulement ça, triste. Avec le temps on ne s'habitue pas.

Le plus dur, dans cette maison, c'est la peur pour les arbres. Toujours. Et chaque fois. Chaque fois qu'il y a un orage, et il y en a beaucoup ici, on est avec les arbres, on a peur pour ces arbres-là. Je ne sais plus leur nom tout à coup.

L'heure du crépuscule le soir, c'est l'heure à laquelle tout le monde cesse de travailler autour de l'écrivain.

Dans les villes, dans les villages, partout, les écrivains sont des gens seuls. Partout, et toujours, ils l'ont été.

Dans le monde entier avec la fin de la lumière, c'est la fin du travail.

Et cette heure-là je l'ai toujours ressentie comme n'étant pas, quant à moi, l'heure de la fin du travail, mais l'heure du commencement du travail. Il y a là, dans la nature, une sorte de renversement des valeurs quant à l'écrivain.

L'autre travail pour les écrivains est celui qui quelquefois fait honte, celui qui provoque la plupart du temps le regret d'ordre politique le plus violent de tous. Je sais qu'on en reste inconsolable. Et que l'on devient méchant comme les chiens de leur police.

Ici, on se sent séparé du travail manuel. Mais contre ça, contre ce sentiment auquel il faut s'adapter, s'habituer, rien n'y fera jamais. Ce qui dominera toujours, et ça nous fait pleurer, c'est l'enfer et l'injustice du monde du travail. L'enfer des usines, les exactions du mépris, de l'injustice du patronat, de son horreur, de l'horreur du régime capitaliste, de tout le malheur qui en découle, du droit des riches à disposer du prolétariat et d'en faire la raison même de son échec et jamais de sa réussite. Le mystère c'est pourquoi le prolétariat accepte. Mais on est nombreux et chaque jour davantage à croire que ça ne peut plus durer longtemps. Que quelque chose a été atteint par nous tous, une nouvelle lecture peut-être de leurs textes déshonorants. Oui, c'est ça.

Je n'insiste pas, je pars. Mais je dis ce qui est éprouvé par tous, même si on ne sait pas le vivre.

Souvent avec la fin du travail il vous vient le souvenir de l'injustice la plus grande. Je parle du quotidien de la vie. C'est pas le matin, c'est le soir que ça arrive jusque dans les maisons, jusqu'à nous. Et si on n'est pas comme ça, alors on n'est rien du tout. On est : rien. Et toujours dans tous les cas de tous les villages, cela se sait.

La délivrance c'est quand la nuit commence à s'installer. Quand le travail cesse dehors. Reste ce luxe que nous avons, nous, d'en pouvoir écrire dans la nuit. Nous pouvons écrire à n'importe quelle heure. Nous ne sommes pas sanctionnés par des ordres, des horaires, des chefs, des armes, des amendes, des insultes, des flics, des chefs et des chefs. Et des poules couveuses des fascismes de demain.

La lutte du vice-consul est une lutte à la fois naïve et révolutionnaire.

C'est ça l'injustice majeure du temps, de tous les temps : et si on ne pleure pas là-dessus une seule fois dans sa vie on ne pleure sur rien. Et ne pleurer jamais c'est ne pas vivre.

Pleurer, il faut que ça ait lieu aussi.

Si c'est inutile de pleurer, je crois qu'il faut quand même pleurer. Parce que le désespoir c'est tangible. Ça reste. Le souvenir du désespoir, ça reste. Quelquefois ça tue.

Écrire.

Je ne peux pas.

Personne ne peut.

Il faut le dire : on ne peut pas.

Et on écrit.

C'est l'inconnu qu'on porte en soi : écrire, c'est ça qui est atteint. C'est ça ou rien.

On peut parler d'une maladie de l'écrit.

Ce n'est pas simple ce que j'essaie de dire là, mais je crois qu'on peut s'y retrouver, camarades de tous les pays.

Il y a une folie d'écrire qui est en soi-même, une folie d'écrire furieuse mais ce n'est pas pour cela qu'on est dans la folie. Au contraire.

L'écriture c'est l'inconnu. Avant d'écrire on ne sait rien de ce qu'on va écrire. Et en toute lucidité.

C'est l'inconnu de soi, de sa tête, de son corps. Ce n'est même pas une réflexion, écrire, c'est une sorte de faculté qu'on a à côté de sa personne, parallèlement à elle-même, d'une autre personne qui apparaît et qui avance, invisible, douée de pensée, de colère, et qui quelquefois, de son propre fait, est en danger d'en perdre la vie.

Si on savait quelque chose de ce qu'on va écrire, avant de le faire, avant d'écrire, on n'écrirait jamais. Ce ne serait pas la peine.

Écrire c'est tenter de savoir ce qu'on écrirait si on écrivait — on ne le sait qu'après — avant, c'est la question la plus dangereuse que l'on puisse se poser. Mais c'est la plus courante aussi.

L'écrit ça arrive comme le vent, c'est nu, c'est de l'encre, c'est l'écrit, et ça passe comme rien d'autre ne passe dans la vie, rien de plus, sauf elle, la vie.

LA MORT
DU JEUNE AVIATEUR
ANGLAIS

Le début, le commencement d'une histoire.

C'est l'histoire que je vais raconter, pour la première fois. Celle de ce livre ici.

Je crois que c'est une direction de l'écrit. C'est ça, l'écrit adressé, par exemple, à toi, dont je ne sais encore rien.

À toi, lecteur :

Ça se passe dans un village très près de Deauville, à quelques kilomètres de la mer. Ce village s'appelle Vauville. Le département, c'est le Calvados.

Vauville.
C'est là. C'est le mot sur le panonceau.

Quand j'y suis allée pour la première fois, c'était sur le conseil d'amies, commerçantes à Trouville.

Elles m'avaient parlé de la chapelle adorable de Vauville. J'ai donc vu l'église ce jour-là, cette première fois, sans rien voir de ce que je vais raconter.

L'église est en effet très belle et même adorable. À sa droite il y a un petit cimetière du XIXe siècle, noble, luxueux, qui rappelle le Père-Lachaise, très orné, telle une fête immobile, arrêtée, au centre des siècles.

C'est de l'autre côté de cette église qu'il y a le corps du jeune aviateur anglais tué le dernier jour de la guerre.

Et au milieu de la pelouse, il y a un tombeau. Une dalle de granit gris clair, parfaitement polie. Je ne l'ai pas vue tout de suite, cette pierre. Je l'ai vue quand j'ai connu l'histoire.

C'était un enfant anglais.

Il avait vingt ans.

Son nom est inscrit sur la dalle.

On l'a d'abord appelé le Jeune aviateur anglais.

Il était orphelin. Il était dans un collège de la province du nord de Londres. Il s'était engagé comme beaucoup de jeunes Anglais.

C'étaient les derniers jours de la guerre mondiale. Le dernier peut-être, c'est possible. Il avait attaqué une batterie allemande. Pour rire. Comme il avait tiré sur leur batterie, les Allemands avaient répliqué. Ils ont tiré sur l'enfant. Il avait vingt ans.

L'enfant est resté prisonnier de son avion. Un Meteor monoplace.

C'est ça, oui. Il est resté prisonnier de l'avion. Et l'avion est tombé sur la cime d'un arbre de la forêt. C'est là — les gens du village le croient — qu'il est mort, au cours de cette nuit-là, la dernière de sa vie.

Pendant un jour et une nuit, dans la forêt, tous les habitants de Vauville l'ont veillé. Comme avant, dans le temps ancien, comme on l'aurait fait avant, ils l'ont veillé avec des bougies, des prières, des chants, des pleurs, des fleurs. Et puis ils ont réussi à le sortir de l'avion. Et l'avion, ils l'ont extrait de l'arbre. Ça a été long, difficile. Son corps était resté prisonnier du réseau d'acier et de l'arbre.

Ils l'ont descendu de l'arbre. Ça a été très long. À la fin de la nuit, ça avait été fait. Le corps une fois descendu, ils l'ont porté jusqu'au cimetière et tout de suite ils ont creusé la tombe. C'est le lendemain, je crois, qu'ils ont acheté la dalle de granit clair.

Ça c'est le départ de l'histoire.

Il est toujours là, le jeune Anglais, dans cette tombe-là. Sous la dalle de granit.

L'année après sa mort, quelqu'un est venu pour le voir, ce jeune soldat anglais. Il avait apporté des fleurs. Un vieil homme, anglais lui aussi. Il est venu là pour pleurer sur la tombe de cet enfant et prier. Il a dit qu'il était le professeur de cet enfant dans un collège du nord de Londres. C'était lui qui avait dit le nom de l'enfant.

C'est lui qui avait dit aussi que cet enfant était un orphelin. Qu'il n'y avait personne à prévenir.

Chaque année, il était revenu. Pendant huit ans. Et sous la dalle de granit, la mort a continué de s'éterniser.

Et puis il n'est plus jamais revenu.

Et plus personne sur la terre ne s'est souvenu de l'existence de cet enfant sauvage, et fou, d'aucuns disaient : de cet enfant fou, qui à lui seul, avait gagné la guerre mondiale.

Il n'y a plus eu que les habitants du village pour se souvenir et s'occuper de la tombe, des fleurs, de la dalle de pierre grise. Moi, je crois que pendant des années personne n'a su l'histoire en dehors des gens de Vauville.

Le professeur avait dit le nom de l'enfant. Ce nom a été gravé sur la tombe :
W. J. Cliffe.

Chaque fois que le vieil homme parlait de l'enfant, il pleurait.

La huitième année, il n'est pas revenu. Et jamais plus il n'est revenu.

Mon petit frère était mort pendant la guerre du Japon. Il était mort, lui, sans sépulture aucune. Jeté dans une fosse commune par-dessus les derniers corps. Et c'est une chose si terrible à penser, si atroce, qu'on ne peut pas la supporter, et dont on ne sait, avant de l'avoir vécue, à quel point. Ce n'est pas le mélange des corps, pas du tout, c'est la disparition de ce corps dans la masse des autres corps. C'est le sien, son corps à lui, jeté dans la fosse des morts, sans un mot, sans une parole. Sauf celle de la prière de tous les morts.

Pour le jeune aviateur anglais, ce n'était pas le cas puisque les habitants du village avaient chanté et prié à genoux sur la pelouse autour de sa tombe et qu'ils sont restés là toute la nuit. Mais ça m'a quand même reportée à ce charnier des environs de Saigon où est le corps de Paulo. Mais maintenant je crois qu'il y a plus que ça. Je crois qu'un jour, beaucoup plus tard, plus tard encore, je ne sais pas bien, mais déjà je le sais, oui, beaucoup plus tard, je retrouverai, je le sais déjà, quelque chose de matériel que je reconnaîtrai comme un sourire arrêté dans les trous de ses yeux. Des yeux de Paulo. Là, il y a plus que Paulo. Pour que ça devienne un événement tellement personnel, cette mort du jeune aviateur anglais, il y a plus que ce que je crois, moi.

Je ne saurai jamais quoi. On ne saura jamais. Personne.

Ça me reporte à notre amour aussi. Il y a l'amour du petit frère et il y avait notre amour, à nous, à lui et à moi, un amour très fort, caché, coupable, un amour de tous les instants. Adorable encore après ta mort. Le jeune mort anglais c'était tout le monde et c'était aussi lui seul. C'était tout le monde et lui. Mais tout le monde ça ne fait pas pleurer. Et puis cette envie de voir ce jeune mort, de vérifier sans le connaître du tout si ça avait bien été son visage, ce trou, au bout du corps sans yeux, cette envie de voir son corps et comment était son visage de mort, déchiré par les aciers du Meteor.

Est-ce qu'on pouvait voir encore quelque chose de ça ? Ça vient à peine à la pensée. Je n'ai jamais pensé que je pouvais écrire ça. Ça me regardait, moi, et non pas les lecteurs. Tu es mon lecteur, Paulo. Puisque je te le dis, je te l'écris, c'est vrai. Tu es l'amour de ma vie entière, le gérant de notre colère face à ce frère aîné et cela tout au long de notre enfance, de ton enfance.

La tombe est seule. Comme lui l'a été. Elle a son âge de mort... comment le dire... on ne sait pas... l'état de la pelouse, du petit jardin aussi. La proximité de l'autre cimetière aussi a joué. Mais vraiment, comment dire ça ? Comment faire se rejoindre le petit enfant mort à six mois dont la tombe est dans le haut de la pelouse et cet autre enfant de vingt ans ? Ils sont encore là tous les deux, et leurs noms, et leur âge. Ils sont seuls.

Et après j'ai vu autre chose. Toujours, après, on voit des choses.

J'ai vu le ciel avec le soleil à travers les arbres eux aussi tués dans les champs, mutilés, les arbres noirs. J'ai vu que les arbres étaient encore noirs. Et puis l'école communale, elle était là elle aussi. Et j'ai entendu que des enfants ont chanté : « Jamais je ne t'oublierai. » Pour toi. Seul. À l'origine de tout ça il y avait désormais ce quelqu'un-là et cet enfant-là, mon enfant, mon petit frère, et quelqu'un d'autre, l'enfant anglais. Pareils. La mort baptise aussi.

Ici, on est très loin de l'identité. C'est un mort, une mort de vingt ans qui ira jusqu'à la fin des temps. C'est tout. Le nom, ce n'est plus la peine : c'était un enfant.

On peut en rester là.

On peut rester là, à cet endroit-là de la vie d'un enfant de vingt ans, le dernier mort de la guerre.

N'importe quelle mort, c'est la mort. N'importe quel enfant de vingt ans est un enfant de vingt ans.

Ce n'est plus tout à fait la mort de n'importe qui. Ça reste la mort d'un enfant.

La mort de n'importe qui c'est la mort entière. N'importe qui c'est tout le monde. Et ce n'importe qui peut prendre la forme atroce d'une enfance en cours. On sait ces choses-là dans les villages, elles m'ont été apprises par des paysans avec la brutalité d'un événement devenu cet événement-là, d'un enfant de vingt ans tué à une guerre avec laquelle il s'amusait.

C'est peut-être pour ça aussi qu'il est resté intact, ce jeune mort anglais, qu'il est resté cloué à cet âge-là, terrible, atroce, celui de vingt années.

On est devenus amis avec ces gens du village, surtout avec la vieille gardienne de l'église.

Les arbres morts sont là, fous, figés dans un désordre fixe, tellement, que le vent ne veut plus d'eux. Ils sont entiers, martyrs, ils sont noirs, du sang noir des arbres tués par le feu.

C'était devenu sacré pour moi — la passante — ce jeune Anglais mort à vingt ans. Chaque fois je l'ai pleuré.

Et puis le vieux monsieur anglais qui venait tous les ans pour pleurer sur la tombe de cet enfant, j'ai regretté de ne pas l'avoir connu pour parler de l'enfant, de son rire, de ses yeux, de ses jeux.

L'enfant mort a été pris en charge par tout le village. Et le village l'a adoré. L'enfant de la guerre, il aura tout le temps des fleurs sur sa tombe. Reste l'inconnu : la date du jour où cela s'arrêtera.

À Vauville, la mémoire du chant de la mendiante me revient. Ce chant très simple. Celui des fous, de tous les fous, partout, ceux de l'indifférence. Celui de la mort facile. Ceux de la mort par la faim, celle des morts des routes, des fossés, à moitié dévorés par les chiens, les tigres, les oiseaux de proie, les rats géants des marais.

Le plus difficile à supporter c'est le visage détruit, la peau, les yeux arrachés. Les yeux vidés de la vue, sans plus de regard. Fixes. Tournés vers plus rien.

Ça a vingt ans. L'âge, le chiffre de l'âge s'est arrêté à la mort, ça aura toujours vingt ans, ça que c'est devenu. On ne sait pas. On n'a pas regardé.

J'ai voulu écrire sur lui l'enfant anglais. Et je ne peux plus écrire sur lui. Et j'écris, vous voyez, quand même, j'écris. C'est parce que j'en écris que je ne sais pas que ça peut être écrit. Je sais que ce n'est pas un récit. C'est un fait brutal, isolé, sans aucun écho. Les faits suffiraient. On raconterait les faits. Et le vieil homme qui pleurait toujours, qui est venu pendant les huit années, et qui, une certaine fois, n'est plus revenu. Jamais. Qui, lui aussi, a été pris par la mort ? Sans doute aucun. Et puis l'histoire se terminerait pour l'éternité, de même que le sang de l'enfant, les yeux, le sourire de l'enfant arrêté par la bouche décolorée de la mort.

Les enfants de l'école, ils chantent qu'il y avait longtemps qu'ils l'aimaient, cet enfant de vingt ans, et que jamais ils ne l'oublieraient. Ils chantent ça tous les après-midi.

Et moi je pleure.

Il y a eu les crépuscules du bleu des yeux de ces enfants de l'école.

Il y a eu cette couleur bleue dans le ciel, de ce bleu qui était celui de la mer. Il y a eu tous les arbres qui avaient été assassinés. Et le ciel aussi il y avait. Je l'ai regardé. Il recouvrait le tout des choses de sa lenteur, avec son indifférence de chaque jour. Insondable.

Je vois les lieux liés les uns aux autres. Sauf la continuité de la forêt, elle a disparu.

Je n'ai plus voulu revenir tout à coup. Et j'ai encore pleuré.

Je le voyais partout, l'enfant mort. L'enfant mort de jouer à la guerre, de jouer à être le vent, à être un English de vingt ans, héroïque et beau. Qui jouait à être heureux.

Je te vois encore : toi. L'Enfant même. Mort comme un oiseau, de mort éternelle. La mort longue à venir et, la douleur du corps déchiré par l'acier de l'avion, lui, il suppliait Dieu de le faire vite mourir pour lui ne plus souffrir.

Il s'appelait W. J. Cliffe, oui. C'est ça qui est maintenant écrit sur le granit gris.

Il faut traverser le jardin de l'église et aller vers l'école communale qui est là, dans la même enceinte. Aller vers les chats, ces dingues, ces fous, ces bandes de chats, d'une incroyable et cruelle beauté. Ces chats dits « écailles-de-tortue », jaunes comme les flammes rouges, comme le sang, blancs et noirs. Noirs comme les arbres noircis à jamais par la suie des bombes allemandes.

Il y a une rivière le long du cimetière. Et puis au loin il y a encore les arbres morts, de l'autre côté de l'endroit où est l'enfant. Les arbres brûlés qui crient contre le sens du vent. C'est un bruit très fort, une sorte de balayage strident de fin de monde. Ça fait très peur. Et puis ça cesse, brusquement, sans qu'on sache ce que c'était. Sans raison on dirait, sans aucune raison. Et puis les paysans disent que c'est rien, que ce sont les arbres qui ont gardé dans leur sève le charbon de leurs plaies.

L'intérieur de l'église est admirable en effet. On reconnaît tout. Les fleurs sont des fleurs, les plantes, les couleurs, les autels, les broderies, les tapis. C'est admirable. Comme une chambre momentanément délaissée qui attendrait des amants absentés à cause du temps mauvais.

On voudrait arriver quelque part avec cette émotion. Écrire par le dehors peut-être, en ne faisant que décrire peut-être, décrire les choses qui sont là, présentes. Ne pas en inventer d'autres. N'inventer rien, aucun détail. Ne pas inventer du tout. Rien comme tout. Ne pas accompagner la mort. Qu'on la laisse, à la fin, qu'on regarde pas de ce côté-là, pour une fois.

Les routes qui vont au village sont d'anciens chemins, très anciens. Ils sont de la préhistoire. Ils sont là depuis toujours, semble-t-il, c'est ce qu'on dit, ils étaient des lieux de passage obligés vers l'inconnu des sentiers et des sources et des bords de mer ou si on voulait se protéger des loups.

Ça ne m'était jamais arrivé d'être bouleversée par le fait de la mort à ce point-là. Captée complètement. Engluée. Et maintenant pour moi, tous les environs, c'est fini, je n'y vais plus.

Reste Vauville, cette marelle, reste le déchiffrage du nom sur certaines tombes.

Reste la forêt, la forêt qui gagne vers la mer chaque année. Toujours de suie, noire, prête pour l'éternité à venir.

L'enfant mort était aussi un soldat de la guerre. Et aussi bien il aurait été un soldat français. Ou un Américain.

On est à dix-huit kilomètres de la plage du Débarquement.

Les gens du village savaient qu'il était du nord de l'Angleterre. Le vieux monsieur anglais leur avait parlé de cet enfant, ce vieux monsieur n'était pas le père de cet enfant, l'enfant était orphelin, il devait être son professeur, ou peut-être un ami de ses parents. Cet homme aimait cet enfant-là. Autant que son fils. Autant qu'un amant peut-être aussi, qui sait ? C'est lui qui avait dit le nom de l'enfant. Ce nom a été gravé sur la dalle gris clair. W. J. Cliffe.

Je ne peux rien dire.

Je ne peux rien écrire.

Il y aurait une écriture du non-écrit. Un jour ça arrivera. Une écriture brève, sans grammaire, une écriture de mots seuls. Des mots sans grammaire de soutien. Égarés. Là, écrits. Et quittés aussitôt.

Je voudrais raconter le cérémonial qui s'est créé autour de la mort du jeune aviateur anglais. Je sais certains détails : tout le village a été concerné, il a retrouvé une sorte d'initiative révolutionnaire. Je sais aussi que la tombe a été faite sans autorisation. Que le maire ne s'en est pas mêlé. Que Vauville était devenu une sorte de fête funèbre autour de l'adoration de l'enfant. Une fête libre de pleurs et de chants d'amour.

Tous les gens du village connaissent l'histoire de l'enfant. Et aussi l'histoire des visites du vieil homme, ce vieux professeur. Mais de la guerre ils ne parlent jamais plus. La guerre, c'était pour eux cet enfant assassiné à vingt ans.

La mort avait régné sur le village.

Les femmes pleuraient, elles ne pouvaient pas s'en empêcher. Le jeune aviateur disparaît, il meurt d'une vraie mort. Si on chantait cette mort par exemple il ne s'agirait pas de la même histoire. Cette discrétion sublime des femmes qui a fait que, je le crois — même si je n'en suis pas tout à fait sûre —, l'enfant a été mis de l'autre côté de l'église, là où il n'y avait encore aucune tombe. Là où encore il n'y a que sa tombe à lui. À l'abri du vent fou. Elles ont pris le corps de l'enfant, elles ont lavé le corps et elles l'ont posé à cet endroit-là, dans la tombe, celle de la dalle du granit clair.

Les femmes elles n'ont rien dit de tout ça. Si j'avais été là avec elles, pour le faire avec elles, je n'aurais pas pu en écrire, je le crois. Je dis peut-être que ce sentiment fantastiquement fort que j'ai eu d'être concernée ne se serait peut-être pas produit. C'est l'émotion qui revient encore maintenant quand je suis seule. Seule je pleure encore sur cet enfant devenu le dernier mort de la guerre.

Ce fait inépuisable : la mort d'un enfant de vingt ans tué par les batteries allemandes le jour même de la paix.

Vingt ans. Je dis son âge. Je dis : il avait vingt ans. Il aura vingt ans pour l'éternité, devant l'Éternel. Qu'il existe ou non, l'Éternel ce sera cet enfant-là.

Quand je dis vingt ans, c'est terrible. Le plus terrible, c'est ça, c'est l'âge. C'est une banalité cette douleur que j'éprouve à son endroit. C'est curieux, jamais l'idée de Dieu ne s'est posée autour de l'enfant. Ce mot facile qu'est le mot Dieu, le plus facile de tous, personne ne l'a dit. Il n'a jamais été prononcé pendant la mise en terre de l'enfant de vingt ans qui avait joué à faire la guerre dans son Meteor au-dessus de la forêt normande, belle comme la mer.

Il n'y a rien à la mesure de ce fait. Il y a beaucoup de faits comme ça dans l'univers. Des brèches. Là, cet événement a été vu. Et que l'enfant en est mort d'avoir joué à la guerre a été vu aussi. Tout est clair autour de la mort de l'enfant.

Il avait été content, il avait été très heureux au sortir de la forêt, il ne voyait aucun Allemand. Il était content de voler, de vivre, de s'être décidé à tuer les soldats allemands. Il aimait faire la guerre, cet enfant-là, comme tous les enfants. Mort, il était tout le temps un autre enfant, n'importe quel enfant de vingt ans. Et puis ça s'est arrêté avec la nuit, la première nuit. Il est devenu l'enfant de ce village français, lui, l'aviateur anglais.

Il a signé sa mort, ici, devant les gens de Vauville qui regardaient.

Ce livre n'est pas un livre.

Ce n'est pas une chanson.

Ni un poème. Ni des pensées.

Mais des larmes, de la douleur, des pleurs, des désespoirs qu'on ne peut pas encore arrêter ni raisonner. Des colères politiques fortes comme la foi en Dieu. Plus fortes encore que cela. Plus dangereuses parce que sans fin.

Cet enfant mort à la guerre, il est aussi un secret de chacun de ceux qui l'ont trouvé en haut de ce grand arbre, crucifié à cet arbre par la carcasse de son avion.

On ne peut pas écrire là-dessus. Ou bien on peut écrire sur tout. Écrire sur tout, tout à la fois, c'est ne pas écrire. C'est rien. Et c'est une lecture intenable, de la même façon qu'une publicité.

J'entends de nouveau les chants des petits enfants de l'école communale. Les chants des enfants de Vauville. Ça devrait pouvoir se supporter. C'est encore difficile pour nous. À ce chant des enfants, j'ai toujours pleuré. Et je pleure encore.

La tombe du jeune aviateur anglais on la voit déjà moins. Elle est encore visible dans le paysage autour d'elle. Mais déjà elle s'est éloignée de nous pour l'éternité. Et son éternité, elle se vivra comme cela à travers cet enfant disparu.

Ce sont les lieux autour de l'église qui donnent accès à la tombe de l'enfant. Là, il y a encore quelque chose qui se passe. Nous sommes maintenant séparés de l'événement par des décennies et pourtant, c'est ici, l'événement de la tombe. Peut-être est-ce cette solitude d'un enfant mort à la guerre, des caresses tendres sur le granit glacé de sa pierre tombale ? On ne sait pas.

Le village est devenu le village de cet enfant anglais de vingt ans. Il en est comme une sorte de pureté, un luxe de larmes. Le soin extrême porté au lieu de sa tombe sera éternel. Déjà on sait ça.

L'éternité du jeune enfant aviateur anglais, elle est là, présente, on peut embrasser la pierre grise, la toucher, dormir contre, pleurer.

Comme un recours ce mot-là — celui d'éternité vient à la bouche — il sera la fosse commune de tous les autres morts de la région que les guerres à venir auront tués.

C'est peut-être la naissance d'un culte. Dieu remplacé ? Non, Dieu est remplacé chaque jour. Jamais on se trouve en manque de Dieu.

Je ne sais pas comment appeler cette histoire.

Tout est là dans quelques dizaines de mètres carrés. Tout est là dans ce fatras des morts, cette splendeur des tombes, ce luxe, qui fait ce lieu tellement frappant. C'est pas le nombre, là le nombre a été dispersé ailleurs, dans les plaines allemandes du nord de l'Allemagne, dans les hécatombes des régions de toute la côte Atlantique. L'enfant est toujours resté lui-même. Et seul. Les champs de bataille sont restés loin, partout dans l'Europe. Ici c'est le contraire. Ici c'est l'enfant, le roi de la mort par la guerre.

C'est un roi aussi : c'est un enfant aussi seul dans la mort qu'un roi dans la même mort.

On pourrait photographier la tombe. Le fait de la tombe. Du nom. Des soleils couchants. De la noirceur de suie des arbres brûlés. Photographier ces deux rivières jumelles devenues folles et qui hurlent chaque soir, on ne saura jamais après quoi ni pourquoi, comme des chiennes affamées, ces rivières mal faites, ratées par Dieu, mal nées, qui chaque soir s'entrecognent, se jettent l'une sur l'autre. Jamais vu ça nulle part. Des démentes d'un autre monde, dans un bruit de ferraille, de tuerie, de charroi, et qui cherchent où se jeter, dans quelle mer, dans quelle forêt. Et les chats, les nuées de chats hurlent de peur. Il y en a toujours dans les cimetières qui guettent on ne sait quel événement de nature indéchiffrable, sauf par eux seuls, les chats, sans maître. Perdus.

Les arbres morts, les prés, le bétail, tout ici regarde vers le soleil du soir à Vauville.

Le lieu, lui, reste très désert. Vide, oui. Presque vide.

La gardienne de l'église habite tout près de là. Tous les matins après le café, elle va regarder cette tombe. Une paysanne. Elle porte le tablier de toile bleu sombre que ma mère portait dans le Pas-de-Calais, à vingt ans.

J'oublie : il y a le cimetière nouveau aussi, à un kilomètre de Vauville. C'est un cimetière de prisunic. Il y a des gerbes de fleurs grandes comme des arbres. Tout est repeint en blanc. Et il n'y a personne ici, personne là-dedans, on dirait qu'il n'y a rien. Que c'est pas un cimetière. Que c'est on ne sait pas quoi, peut-être un terrain de golf.

Tout autour de Vauville ce sont de très vieux chemins d'avant le Moyen Âge. C'est sur quoi on a fait des routes pour nous maintenant. Le long des haies millénaires, il y a les routes pour les nouveaux vivants. C'est Robert Gallimard qui m'a appris l'existence de tout ce réseau des premiers chemins de la Normandie. Des premières routes des hommes de la côte, les Nord-men.

Il y a sans doute beaucoup de gens qui auraient écrit l'histoire des routes.

Ce qu'il faudrait dire là, c'est l'impossibilité de raconter ce lieu, ici, et cette tombe. Mais on peut quand même embrasser le granit gris et pleurer sur toi. W. J. Cliffe.

Il faut commencer à l'envers. Je ne parle pas d'écrire. Je parle du livre une fois écrit. Partir de la source et la suivre jusqu'à la réserve de son eau. Partir de la tombe et aller jusqu'à lui, le jeune aviateur anglais.

Il y a souvent des récits et très peu souvent de l'écriture.

Il n'y a qu'un poème peut-être et encore, pour essayer... quoi? on ne sait plus rien, même pas ça, ce qu'il faudrait faire.

Il y a la banalité grandiose de la forêt, des pauvres gens, des rivières folles, les arbres morts, et ces chats carnassiers comme des chiens. Ces chats rouges et noirs.

L'innocence de la vie, oui, c'est vrai, elle est là, de même que ces rondes chantées par les enfants de l'école.

C'est vrai il y a l'innocence de la vie.

Une innocence à pleurer. Au loin il y a la vieille guerre, celle qui maintenant est en miettes quand on est seul dans ce village, face aux arbres martyrs calcinés par le feu allemand. Le corps des arbres de suie, assassinés. Non. Il n'y a plus de guerre. L'enfant, de la guerre, il a tout remplacé. L'enfant de vingt ans : toute la forêt, toute la terre, il a remplacé, et aussi l'avenir de la guerre. La guerre, elle est enfermée dans le tombeau avec les os du corps de cet enfant.

C'est tranquille maintenant. Ce qui est la splendeur centrale, c'est l'idée, l'idée des vingt ans, l'idée du jeu à la guerre, devenue resplendissante. Un cristal.

S'il n'y avait pas des choses comme ça, l'écriture n'aurait pas lieu. Mais même si l'écriture, elle est là, toujours prête à hurler, à pleurer, on ne l'écrit pas. Ce sont des émotions de cet ordre, très subtiles, très profondes, très charnelles, aussi essentielles, et complètement imprévisibles, qui peuvent couver des vies entières dans le corps. C'est ça l'écriture. C'est le train de l'écrit qui passe par votre corps. Le traverse. C'est de là qu'on part pour parler de ces émotions difficiles à dire, si étrangères et qui néanmoins, tout à coup, s'emparent de vous.

J'étais chez moi dans ce village, ici, à Vauville. J'y allais chaque jour pleurer. Et puis un jour je n'y suis plus allée.

J'écris à cause de cette chance que j'ai de me mêler de tout, à tout, cette chance d'être dans ce champ de la guerre, dans ce théâtre vidé de la guerre, dans l'élargissement de cette réflexion, et là dans l'élargissement qui gagne le terrain de la guerre, très lentement, le cauchemar en cours de cette mort du jeune enfant de vingt ans, dans ce corps mort de l'enfant anglais de vingt ans d'âge, mort avec les arbres de la forêt normande, de la même mort, illimitée.

Cette émotion, elle s'étendra encore au-delà d'elle-même, vers l'infini du monde entier. Cela pendant des siècles. Et puis un jour — sur toute la terre on comprendra quelque chose comme l'amour. De lui. De l'enfant anglais mort à vingt ans d'avoir joué à la guerre contre les Allemands dans cette forêt monumentale, si belle, on dira, si ancienne, séculaire, même adorable, oui, c'est ça : adorable est le mot.

On devrait pouvoir faire un certain film. Un film d'insistances, de retours en arrière, de redéparts. Et puis l'abandonner. Et filmer aussi cet abandon. Mais on ne le fera pas, on le sait déjà. Jamais on ne le fera.

Pourquoi ne pas faire un film de ça qui est inconnu, inconnu encore ?

Je n'ai rien dans les mains, rien dans la tête pour faire ce film-là. Et c'est celui auquel j'ai pensé le plus cet été-ci. Parce que ce film, ce serait quand même un film de l'idée inatteignable et folle, un film sur la littérature de la mort vivante.

L'écriture de la littérature, c'est celle qui pose un problème à chaque livre, à chaque écrivain, à chacun des livres de chaque écrivain. Et sans laquelle il n'y a pas d'écrivain, pas de livre, rien. Et de là, il semble qu'on puisse se dire aussi, que de ce fait-là, il n'y a peut-être plus rien.

L'écroulement silencieux du monde aurait commencé ce jour-là — celui de l'événement de cette mort si lente et si dure du jeune Anglais de vingt ans dans le ciel de la forêt normande, ce monument des côtes atlantiques, cette gloire. Cette nouvelle, ce seul fait, cette mystérieuse nouvelle s'était insérée dans la tête des gens encore en vie — un point de non-retour aurait été atteint dans le premier silence de la terre. On a su que dorénavant il était inutile d'encore espérer. Cela partout sur la terre et à partir de ce seul objet d'un enfant de vingt ans, de ce jeune mort de la dernière guerre, l'oublié de la dernière guerre du premier âge.

Et puis un jour, il n'y aura rien à écrire, rien à lire, il n'y aura plus que l'intraduisible de la vie de ce mort si jeune, jeune à hurler.

ROMA

C'est l'Italie.

C'est Rome.

C'est un hall d'hôtel.

C'est le soir.

C'est la piazza Navona.

Le hall de l'hôtel est vide excepté sur la terrasse, une femme assise dans un fauteuil.

Des garçons portent des plateaux, ils vont servir les clients de la terrasse, ils reviennent, disparaissent dans le fond du hall. Reviennent.

La femme s'est endormie.

Un homme arrive. C'est aussi un client de l'hôtel. Il s'arrête. Il regarde la femme qui dort.

Il s'assied, il cesse de la regarder.

La femme se réveille.

L'homme lui parle dans la timidité :

— Je vous dérange ?

La femme sourit légèrement, elle ne répond pas.

— Je suis un client de l'hôtel. Je vous vois chaque jour traverser le hall et vous asseoir là. (Temps.) Quelquefois vous vous endormez. Et je vous regarde. Et vous le savez.

Silence. Elle le regarde. Ils se regardent. Elle se tait. Il demande :

— Vous avez fini l'image ?
— ... oui...
— Le dialogue était donc fait... ?
— Oui, il y en avait déjà un, je l'avais écrit avant de faire l'image.

Ils ne se regardent pas. Le trouble devient visible. Il dit à voix basse :

— Le film commencerait ici, maintenant, à cette heure-ci... de la disparition de la lumière.
— Non. Le film a déjà commencé ici, avec votre question sur l'image.

Temps. Le trouble grandit.

— Comment ?
— Avec votre seule question sur l'image, là, à l'instant, le film ancien a disparu de ma vie.

Temps — lenteur.

— Après... vous ne savez pas...
— Non... rien... vous non plus...
— C'est vrai, rien.
— Et vous ?
— Moi je ne savais rien avant cet instant.

Ils se tournent vers la piazza Navona. Elle dit :

— Moi je n'ai jamais su. On a filmé les fontaines le 27 avril 1982 à onze heures du soir... Vous n'étiez pas encore arrivé à l'hôtel.

Ils regardent la fontaine.

— On dirait qu'il a plu.
— On le croit tous les soirs. Mais il ne pleut pas. Il ne pleuvait pas à Rome ces jours-ci... C'est l'eau

des fontaines que le vent rabat sur le sol. Toute la place ruisselle.

— Les enfants sont pieds nus…

— Je les regarde tous les soirs.

Temps.

— Il fait presque froid.

— Rome est très près de la mer. Ce froid est celui de la mer. Vous le saviez.

— Je crois, oui.

Temps.

— Il y a des guitares aussi… non? On chante, on dirait…

— Oui, avec le bruit des fontaines… tout se confond. Mais ils chantent en effet.

Ils n'écoutent pas.

— Tout aurait été faux…

— Je ne sais pas bien… Rien ne l'aurait été non plus peut-être. Nous ne pouvons plus le savoir…

— Il serait déjà trop tard?

— Peut-être. D'un retard d'avant le commencement.

Silence. Elle reprend :

— Regardez la grande fontaine centrale. On la dirait glacée, livide.

— Je la regardais... Elle est dans la lumière électrique, on croirait qu'elle flambe dans le froid de l'eau.

— Oui. Ce que vous voyez dans les plis de la pierre ce sont des coulées d'autres fleuves. Ceux-là du Moyen-Orient et de beaucoup plus loin, de l'Europe centrale, les coulées de leur trajet.

— Et ces ombres sur les gens.

— Ce sont celles des autres gens, ceux qui regardent les fleuves.

Temps long. Elle dit :

— J'ai peur que Rome ait existé...

— Rome a existé.

— Vous êtes sûr...

— Oui et les fleuves de même. Et le reste de même.

— Comment supportez-vous cela...

Silence. Elle dit à voix basse :

— Je ne sais pas quoi est cette peur, ce qu'elle est d'autre que ce qu'on en voit dans les yeux de ces femmes des stèles de la via Appia. On n'en voit que ce qu'elles montrent d'elles, que ce qu'elles nous cachent d'elles en se montrant à nous. Où elles nous mènent, vers quelle nuit? même cette illusion de la clarté réfléchie des pierres blanches, parfaite, régulière, on en doute encore, non ?

— Vous avez comme une peur du visible des choses.

— J'ai peur comme si de Rome j'étais atteinte.

— De perfection ?

— Non... de ses crimes.

Temps long. Regards. Puis ils baissent les yeux.

Il dit :

— Quelle est cette pensée constante qui vous fait si pâle, qui vous fait parfois vous enfermer sur cette terrasse à attendre le jour...

— Vous saviez que je dormais mal.

— Oui. Je dormais mal aussi. Comme vous.

— Déjà, vous voyez.

Temps.

— Quelle est cette distraction dans laquelle vous êtes.

— Il m'arrive d'être constamment détournée de Rome par une autre pensée que la sienne... qui aurait été contemporaine de celle de Rome, et qui se serait produite ailleurs que là, loin d'elle, de Rome, dans la direction du Nord de l'Europe, par exemple, vous voyez...

— De celle dont rien ne resterait ?

— Rien. Qu'une sorte de mémoire incertaine — inventée peut-être, mais plausible.

— C'est à Rome que vous vous êtes souvenue de ce pays du Nord.

— Oui. Comment savez-vous ?

— Je ne sais pas.

— Oui. C'est ici à Rome, dans l'autocar scolaire.

Temps. Silence.

— Quelquefois le soir, vers le coucher du soleil, les couleurs de la via Appia sont celles de la Toscane. Cette région du Nord, j'ai appris son existence très jeune, encore enfant. La première fois dans un guide de voyage. Et ensuite au cours d'une excursion scolaire. Il s'agit d'une civilisation contemporaine de Rome maintenant évanouie. J'aimerais beaucoup savoir vous dire la beauté de cette région où cette civilisation et cette pensée se sont produites dans une adorable et brève coïncidence. J'aimerais savoir vous dire la simplicité de leur existence, de leur géographie, la couleur de leurs yeux, celle de leurs climats, de leur agriculture, de leurs herbages, de leurs ciels. — Temps. — Vous voyez, il en serait comme de votre sourire mais perdu, introuvable après qu'il a eu lieu. Comme de votre corps mais disparu, comme d'un amour mais sans vous et sans moi. Alors comment dire ? Comment ne pas aimer ?

Silence. Regards différés.

Temps. Ils se taisent. Il regarde loin, rien. Elle dit :

— Je ne crois pas que Rome pensait, vous voyez. Elle énonçait son pouvoir. C'était ailleurs, dans ces autres régions qu'on pensait. C'était ailleurs que la pensée avait lieu. Rome ne devait être que le lieu de la guerre et du vol de cette pensée et celui où elle s'édictait.

— À l'origine, que disaient cette lecture, ce voyage ?

— Cette lecture disait que partout ailleurs on trouvait des œuvres d'art, une statuaire, des temples, des édifices civils, des thermes, des quartiers réservés, des arènes de mise à mort — et que là, dans ces landes, on ne trouvait rien de pareil.

Cette lecture avait lieu dans l'enfance. Et puis elle a été oubliée.

Et puis encore une fois il y a eu une promenade dans l'autocar scolaire et l'institutrice a dit que cette civilisation avait existé ici dans une splendeur jamais atteinte ailleurs que là, dans ces landes que le car traversait.

Il pleuvait cet après-midi-là. Il n'y avait rien à voir. Alors l'institutrice a parlé des landes de bruyère et de verglas. Et on l'a écoutée comme on l'aurait regardée. Comme on aurait regardé ces landes...

Silence. Il demande :

— La région était plate, sans relief, on ne voyait rien ?

— Rien. Sauf la ligne de la mer en bas des champs. La lande, aucun de nous n'y avait pensé, jamais, vous comprenez... Jamais encore.

— Et Rome ?

— Rome c'était enseigné à l'école.

— L'institutrice a parlé...

— Oui. L'institutrice a dit que — bien qu'on n'en voie rien — une civilisation s'était produite là. À cet endroit de la terre. Et qu'elle devait être encore là, enfouie sous la plaine.

— Cette plaine sans fin.

— Oui. Elle s'arrêtait avec le ciel. De cette civilisation il ne restait rien : seulement des trous, des cavités dans la terre, invisibles de l'extérieur. On demandait : Est-ce qu'on a su que ces trous n'étaient pas des tombes ? Non, on répondait, mais on n'a jamais su s'ils n'étaient pas des temples. Ce qu'on sait seulement c'est qu'ils avaient été faits, bâtis avec des mains.

L'institutrice disait que parfois ces trous étaient grands comme des chambres, parfois grands comme des palais, que parfois ils devenaient comme des couloirs, des passages, des développements secrets. Que toutes ces choses avaient été faites par les mains des hommes, bâties par elles. Que sur certaines argiles profondes on avait trouvé des traces de ces mains plaquées sur les parois. Des mains d'hommes, ouvertes, quelquefois blessées.

— C'était quoi d'après l'institutrice, ces mains ?

— C'était des cris, elle disait, pour plus tard, d'autres hommes les entendre et les voir. Des cris dits avec les mains.

— Quel âge avez-vous lors de cette promenade ?

— J'ai douze ans et demi. Je suis émerveillée. Sous le ciel, au-dessus des trous on voyait encore des cultures qui étaient arrivées année par année à travers les siècles jusqu'à nous, les petites filles de l'autocar scolaire.

Silence. Elle regarde. Reconnaît.

— Les trous sont très près de l'océan. Ils sont le long des remblais de sable, dans les terres arables de la lande. La lande ne traverse aucun village. La forêt a disparu. Après sa disparition, la lande n'a pas été nommée de nouveau. Non. Elle est là dans l'espace et dans le temps depuis qu'elle a surgi des boues centrales des terres immergées. On le sait. Mais on ne peut plus la voir, la toucher. C'est fini.

— Comment sait-on cela que vous dites ?

— Comment on le sait, on ne le saura jamais... On sait. Sans doute parce que toujours on l'a su, toujours on a posé la question et toujours de la même façon on y a répondu. Cela depuis des milliers d'années. À chaque enfant en âge de raison on le dit, on apprend la nouvelle : « Regarde, ces trous, que tu vois, ils ont été faits par des hommes venus du Nord. »

— Comme ailleurs on dit : « Regardez les pierres plates de Jérusalem, c'est là que les mères se reposaient à la veille de la crucifixion de leurs fils, ces fous de Dieu de la Judée que Rome jugeait criminels. »

— De la même façon. On dit : Regardez, là, de même, le chemin creux c'était pour aller chercher l'eau, pour aller aussi de la campagne aux marchands de la ville, et pour aussi les voleurs de Jérusalem aller au Calvaire pour être pendus. C'était le seul chemin pour toutes ces choses. Et c'était aussi pour les enfants jouer.

Silence.

— Ici, on pourrait parler aussi d'un amour célébré ?

— Je ne sais pas bien... Oui, sans doute...

Silence. Trouble. Voix modifiées.

— Qui aurait-elle été, celle de cet amour-là ?

— Je dirais : par exemple, une reine des déserts. Dans l'histoire officielle c'est ce qu'elle est : la Reine de la Samarie.

— Et celui qui aurait gagné la guerre de la Samarie, celui qui aurait répondu ?

— Un général des légions romaines. Le chef de l'Empire.

— Je crois que vous avez raison.

Silence. Plus lourd, comme lointain.

— Tout Rome connaissait l'histoire de la guerre.

— Oui. Rome ne connaissait l'histoire qu'à travers celle des guerres. Et ici la difficulté qu'aurait connue l'amour aurait été justement liée à cette publicité faite à la guerre par l'amour d'elle, la reine de la Samarie.

— Oui. Cet amour était grand. Comment l'a-t-on su ?

— De la même façon qu'on savait le chiffre des morts, celui dit à voix basse le soir, on savait le chiffre des prisonniers. On l'aurait su de même dans le cas de la paix. Du fait même qu'il l'avait faite captive au lieu de la tuer, on l'aurait su de même.

— Oui.

— Au milieu de ces milliers de morts, cette jeune femme de la Samarie, Reine des Juifs, Reine d'un désert dont Rome n'a que faire, ramenée avec de tels égards à Rome... Comment ne pas deviner le scandale de la passion...

Tout Rome dévorait les nouvelles de cet amour. Chaque soir, chaque nuit. Les moindres d'entre elles… la couleur de sa robe, la couleur de ses yeux derrière les fenêtres de la prison. Ses pleurs, le bruit de ses sanglots.

— Cet amour est-il plus grand que ne le dit l'histoire ?

— Plus grand. Oui. Vous le saviez ?

— Oui. Plus grand qu'il ne l'aurait voulu lui, le destructeur du Temple.

— Oui. Plus grand. Plus ignoré aussi. Mais attendez… je crois que lui, il ne savait pas qu'il l'aimait. Du moment qu'il n'en avait pas le droit, il ne le croyait pas, vous comprenez… Je me souviens de ça, de quelque chose comme ça, cette ignorance dans laquelle il était de l'aimer.

— Sauf peut-être lorsqu'il l'avait à sa merci dans les chambres des palais, une fois les gardes endormis. On dit : vers la fin de la nuit.

— Oui, sauf peut-être ça… On ne sait pas.

Temps long. Il dit :

— D'après vous les hommes de la lande avaient eu vent de la tentative romaine de régner sur le monde de la pensée et des corps ?

— Je suppose que oui, qu'ils connaissaient cette tentative.

— On savait tout dans ces landes, ces premières terres surgies de la mer.

— Oui, c'est ça, tout. Dans ces landes souterraines on savait par les fuyards de l'Empire, les déserteurs, les errants de Dieu, les voleurs. On connaissait tout de la tentative de Rome et on assistait à la dilapidation de son âme. Et tandis que Rome déclamait son pouvoir, vous voyez, qu'elle perdait le sang de sa pensée même, les hommes des trous, eux, restaient plongés dans l'obscurité de l'esprit.

— Penser, est-ce qu'ils savaient qu'ils le faisaient ?

— Non. Ils ne connaissaient pas comment écrire, ni comment lire. Cela pendant très longtemps, des siècles. Ils ignoraient le sens de ces mots-là. Mais je ne vous ai pas dit l'essentiel : la seule occupation de ces hommes avait trait à Dieu. Les mains vides, ils regardaient le dehors. Les étés. Les hivers. Le ciel. La mer. Et le vent.

— C'était ainsi qu'ils faisaient avec Dieu. Ils parlaient avec Dieu comme jouent les enfants.

— Vous aviez parlé d'un amour actuel, dans ce film ?

— Je ne sais plus. J'ai parlé d'un amour vivant il me semble, mais seulement de ça.

— De quelle façon Rome aurait-elle été concernée ?

— Du fait même que ce dialogue aurait été fait à Rome. Ce sont ces dialogues autour de cet amour qui, au cours des siècles, ont recouvert Rome d'une nappe de fraîcheur. C'est à l'endroit du corps massif et mort de son histoire que les amants auraient enfin pleuré de leur histoire, de leur amour.

— Sur quoi auraient-ils pleuré ?

— Sur eux-mêmes. Réunis par leur séparation même, ils auraient enfin pleuré.

— Vous parlez des amants du Temple.

— Sans doute. Oui. Je ne sais pas de qui je parle. Aussi bien je parle de ceux-là, oui.

Temps. Silence. Ils ne se regardent plus. Et puis il dit :

— Pas un mot n'est resté des amants du Temple, pas une confidence, pas une image, n'est-ce pas...

— Elle ne parlait pas le romain. Il ne parlait pas la langue de la Samarie. C'est dans cet enfer de silence que le désir est venu. Il a été souverain. Sans appel.

Et puis il s'est éteint.

— On a dit qu'il s'agissait d'un amour bestial, cruel.

— Moi je crois, oui, qu'il s'agissait de cela, d'un amour bestial, cruel. Je le crois comme s'il s'agissait de l'amour même.

Temps.

— Le Sénat se renseigne et il le relaie, lui, le chef romain, dans cette corvée de lui apprendre sa décision de l'abandonner.

— C'est lui qui le lui annonce...

— Oui. C'est le soir. C'est très rapide. Il vient dans ses appartements et dans une brutalité inouïe il lui annonce que le bateau viendra vite.

Dans quelques jours, il lui dit, elle sera ramenée à Césarée.

Il dit qu'il ne peut pas faire autrement que de lui rendre sa liberté.

On aurait dit qu'il avait pleuré.

Pour qu'elle vive, il dit aussi, il lui faut s'éloigner de lui.

Il dit aussi qu'il ne la reverra jamais.

— Elle, elle ne comprend pas le romain.

— Non. Mais elle voit qu'il pleure. Elle pleure parce qu'il pleure. De quoi elle pleure, il ne le sait pas.

Temps.

— Elle devait mourir. Mais non. Elle va vivre encore.

— Elle vit. Elle ne meurt pas. Elle meurt plus tard de ce leurre d'être à la fois la captive d'un homme et de l'aimer.

Mais aussi elle en vit jusqu'à la fin des temps.

Elle vit de savoir, de connaître que l'amour est encore là, entier, même fracassé, qu'il est encore une douleur de tous les instants mais cependant encore là, présent, entier, toujours plus fort.

Et elle en meurt.

— Elle pleure…

— Oui. Elle pleure. D'abord elle croit pleurer sur son royaume saccagé, sur le vide effrayant qui l'attend. Elle reste en vie parce qu'elle pleure. C'est de ses pleurs qu'elle se nourrit. C'est d'une connaissance aveuglée de larmes qu'elle dit aimer cet homme de Rome.

— La capture d'elle par lui aurait-elle été la cause de sa passion pour lui ?

— Oui. Je dirais plutôt : la découverte de ce charme violent de lui appartenir.

— Vous croyez que lui, capturé par ses armées à elle, aurait été dans ce cas de l'aimer de passion ?

— Je ne le crois pas. Non.

Regardez-la.

Elle.

Fermez les yeux.

Vous voyez cet abandon.

— Oui. Je le vois.

Temps. Elle dit :

— Elle se livre d'elle-même au sort qui se propose. Elle veut bien être une reine. Elle veut bien être une captive. C'est selon ce que lui désire qu'elle soit.

— D'où lui vient ce génie en elle caché ?

— Peut-être de sa fonction royale. Peut-être aussi d'une disposition qu'elle a, commune avec les femmes des Évangiles, celles des vallées de Jérusalem, de pressentir la mort.

— Comment a-t-il pu à ce point ignorer son désespoir...

— En le décidant, je crois. Vous savez, il n'y a rien dont il croie ne pas pouvoir disposer au nom de son royaume.

Silence. Il dit :

— Derrière lui, depuis toujours, il y a la garde noire.

— Oui. Il ne la voit pas. Il ne voit plus rien. Il ne voit pas l'histoire qu'il vit.

Ce qui reste en lui de la lande noire s'efface pour toujours au sortir de la chambre.

— La lande noire.

— Oui.

— Où était-elle... ?

— Partout, il me semble, dans les plaines côtières des pays du Nord les plus lointains.

— Il souffre ?

— Il ne pleure pas. On ne sait pas. Non. La nuit, il crie, la nuit, comme lorsque enfant il avait peur.

— Je vous en supplie, accordez-lui une certaine douleur.

— Souvent la douleur est insupportable lorsque de nuit il se réveille, la sachant là encore et encore pour un temps si court.

— Celui qui les sépare de la venue du bateau qui doit la ramener à Césarée.

— À ce moment de l'histoire, on ne voit plus que l'interminable ressassement de la phrase du prince : Un jour, un matin, un bateau viendra qui vous ramènera à Césarée, votre règne. Cesarea.

Silence.

— C'est après, à ce moment-là de l'histoire, que je le vois très clairement sortir de la chambre, frappé de mort.

— Après ?

— Après je ne vois plus rien.

Silence.

On aurait pu parler vous et moi de ce qui serait arrivé après, quand il lui aurait dit que le bateau allait venir pour la prendre. On aurait pu parler aussi de ce qui serait arrivé si le Sénat ne l'avait pas renvoyée, comment elle serait morte, seule, sur la paille dans cette aile d'un palais romain, une certaine nuit.

On aurait pu parler aussi de cette interminable

mort, et aussi de cet amour à Césarée, quand il l'avait découverte. Elle a vingt ans. Il l'emporte pour l'épouser. Pour toujours. Il ne sait pas que c'est pour la tuer, l'épouser il dit, il ne sait pas encore que c'est pour la tuer.

On aurait pu parler aussi de la découverte après des siècles, dans la poussière des ruines de Rome, d'un squelette de femme. L'ossature avait dit qui c'était. Et quand cela avait été retrouvé et où.

Comment éviter de la voir, elle, de la voir elle, cette reine si jeune encore. Deux mille ans après.

Grande. Morte, elle est encore grande.

Oui. Les seins sont droits. Ils sont beaux. Ils sont nus sous la toile pénitentiaire.

Les jambes. Les pieds. La marche. Le déhanchement léger qui atteint tout le corps... Vous vous souvenez...

Temps.

Le corps a dû traverser les déserts, les guerres, la chaleur romaine et celle des déserts, la puanteur des galères, de l'exil. Et puis on ne sait plus.

Elle est haute encore. Elle est grande. Mince. Maigre, de la maigreur de la mort même, elle est devenue. Les cheveux sont du noir d'un oiseau noir. Le vert des yeux est mêlé à la poussière noire de l'Orient.

Les yeux sont-ils déjà noyés par la mort...

Non, ses yeux sont encore noyés dans les larmes de sa jeunesse maintenant ancienne.

La peau du corps est maintenant séparée du corps, du squelette.

La peau est sombre, transparente, fine comme la soie, fragile. Elle est devenue comme le sable des sources.

Morte est redevenue la Reine de Césarée.

Cette femme ordinaire, la Reine de Samarie.

Les lumières s'éteignent dans le hall de l'hôtel. Au-dehors l'obscurité a augmenté.

Les fontaines de la piazza Navona ont cessé de couler.

L'homme aurait dit qu'il l'avait aimée dès qu'il l'avait vue allongée sur la terrasse de l'hôtel.

Et puis le jour est venu.

Il avait dit aussi qu'elle s'était endormie devant lui et qu'il avait eu peur, que c'était là qu'il s'était éloigné d'elle à cause de cette peur de nature indéfinie qui s'était répandue sur son corps et sur ses yeux.

LE NOMBRE PUR

Longtemps le mot «pur» a été récupéré dans le commerce des huiles de table. Longtemps l'huile d'olive a été garantie pure et jamais les autres huiles, qu'elles soient d'arachide ou de noix.

Ce mot ne fonctionne que lorsqu'il est seul. Par lui-même, de son seul fait, il ne qualifie rien ni personne. Je veux dire qu'il ne peut pas s'adapter, qu'il se définit en toute clarté à partir seulement de son emploi.

Ce mot n'est pas un concept, ni un défaut, ni un vice, ni une qualité. C'est un mot de la solitude. C'est un mot seul, oui c'est ça, un mot très bref, monosyllabique. Seul. C'est sans doute le mot le plus «pur» auprès de quoi et après quoi ses équivalences s'effacent d'elles-mêmes et pour toujours elles sont désormais déplacées, désorientées, flottantes.

J'oublie de dire : c'est un des mots sacrés de toutes les sociétés, de toutes les langues, de toutes les responsabilités. Dans le monde entier, il en est ainsi de ce mot-là.

Dès que le Christ est né, il a dû être prononcé quelque part et pour toujours. Il a dû être dit par un passant, sur le chemin, en Samarie, ou une des femmes qui accouchaient la Vierge... On sait rien. Quelque part et pour toujours, ce mot, il en est resté là, jusqu'à la crucifixion de Jésus. Je ne suis pas croyante. Je crois seulement à l'existence terrestre de Jésus-Christ. Je crois que c'est vrai. Que le Christ et Jeanne d'Arc, ils ont dû exister : leur martyre jusqu'à ce que s'ensuive leur mort. Ça a existé aussi. Ces mots-là, ils existent encore dans le monde entier.

Moi qui ne prie pas, je le dis, et certains soirs j'en pleure pour dépasser le présent obligatoire — à travers une télévision de publicité, maintenant orientée vers l'avenir de yoghourts et des automobiles.

Ces deux-là, Christ et Jeanne d'Arc, ils ont dit la vérité sur ce qu'ils croyaient entendre : la voix du Ciel. Lui, le Christ, a été assassiné comme un déporté politique. Et elle, la sorcière des forêts de Michelet, elle a dû être étripée, brûlée vive. Violée. Assassinée.

Et déjà, très tôt dans l'histoire, au loin, il y a eu les juifs, le peuple des juifs morts, assassinés et encore enfouis dans les terres allemandes de maintenant, ceux encore dans ce premier état d'une connaissance arrêtée par la mort. Il est encore impossible d'aborder cet événement sans hurler. Il reste inconcevable. L'Allemagne, à l'endroit de cet assassinat, est devenue une morte endémique, latente. Elle n'est pas encore réveillée, je le crois. Elle ne sera peut-être jamais plus tout à fait présente. Sans doute a-t-elle peur d'elle-même, de son propre avenir, de son propre visage. Elle a peur d'être allemande, l'Allemagne. On a dit : Staline. Moi je dis : Staline, quel qu'il soit, il a gagné la guerre contre ceux-là, les nazis. Sans Staline, les nazis auraient assassiné la totalité des juifs de l'Europe. Sans lui il aurait fallu tuer les Allemands assassins des juifs, faire ça nous-mêmes, ce qu'ils ont fait eux, les Allemands, le faire d'eux, avec eux.

Le mot juif est « pur » partout mais c'est quand il est dit dans la vérité qu'il est reconnu comme étant le seul vocable à exprimer ce qu'on attend de lui. Et ce qu'on attend de lui, on ne le sait plus parce que le passé des juifs, les Allemands l'ont brûlé.

La « pureté » du sang allemand a fait le malheur de l'Allemagne. Cette même pureté a fait assassiner des millions de juifs. En Allemagne, et je le pense tout à fait, il faudrait que ce mot soit publiquement brûlé, assassiné, qu'il saigne du seul sang allemand, non symboliquement collecté, et que les gens pleurent réellement en voyant ce sang bafoué — pas sur eux-mêmes, mais sur le sang même ils pleureraient. Et cela ne serait pas encore suffisant. Peut-être ne saura-t-on jamais ce qui aurait été suffisant pour que ce *passé allemand* cesse de s'élaborer dans notre vie. Peut-être jamais, on saura.

Je voudrais demander aux gens qui liront ces lignes de m'aider à un projet que j'ai depuis trois ans, depuis l'annonce de la fermeture des usines Renault à Billancourt. Il s'agirait de consigner les noms et prénoms de toutes les femmes et de tous les hommes qui ont passé leur existence entière dans cette usine nationale de renommée mondiale. Cela, depuis le début du siècle, depuis la fondation des usines Renault à Boulogne-Billancourt.

Ce serait une liste exhaustive, sans commentaire aucun.

On devrait atteindre le chiffre d'une grande capitale. Aucun texte ne pourrait contrebalancer ce fait du chiffre, du travail chez Renault, la peine totale, la vie.

Pourquoi faire ça, ce que je veux là ?

Pour voir ce que ça ferait en tout, un mur de prolétariat.

Ici, l'histoire, ça serait le nombre : la vérité c'est le nombre.

Le prolétariat dans l'innocence la plus évidente, celle du nombre.

La vérité ce serait le chiffre encore incomparé, incomparable du nombre, le chiffre pur, sans commentaire aucun, le mot.

L'EXPOSITION DE LA PEINTURE

pour Roberto Plate

L'espace est grand. En haut d'un mur, des vitres. Le ciel est arrêté, bleu. Seul, un nuage blanc épais quitte le bleu. Très lentement il dépasse les vitres, le bleu.

Il n'y a pas de livres. Il n'y a pas de mots écrits sur un journal. Il n'y a pas de vocabulaire dans un lexique. Tout est parfaitement en ordre.

Au milieu de l'espace il y a une table basse au-dessous de laquelle il y a une autre table plus basse. Les deux tables sont recouvertes de tubes de peinture vides, tordus, souvent coupés au centre, souvent coupés et étalés, raclés avec des lames de couteau.

Les tubes entamés et ceux encore intacts ne sont pas mélangés avec ceux qui sont éventrés, vidés. Ils sont ronds, pleins, très sains, très fermes, comme des fruits pas encore tout à fait parvenus à la maturité. Ils sont mis de telle façon qu'on ne voie pas l'étiquette qui dit la couleur. Ils sont tous faits dans un alliage souple gris métallisé. Sous la capsule, ils sont hermétiquement clos.

Dans un pot sur cette même table, il y a les pinceaux. Il y a cinquante pinceaux, ou cent aussi bien. Tous semblent pratiquement détruits. Ils sont très réduits, ils sont écrasés, explosés, chauves aussi, tous raidis dans de la peinture sèche, comiques aussi bien. Ils n'ont pas la tangibilité de la peinture dans les tubes, ni celle de l'homme qui parle. On les dirait trouvés dans une caverne, dans un tombeau du Nil.

Au milieu de cet ensemble de choses, il y a un homme. Il est seul. Il porte une chemise blanche et un jean bleu. Il parle. Il montre, le long d'un autre mur, des mètres cubes de toiles rangées. Il dit que ce sont celles qui sont peintes, celles de l'exposition.

Il y en a beaucoup. Elles sont toutes tournées vers le mur. Toute la peinture qui manque dans les tubes est allée sur ces toiles. Maintenant c'est là qu'elle est, sur les toiles dont elle a arrêté le cours.

L'homme parle. Il dit que ces toiles ne sont pas toutes de la même grandeur. On pourrait le croire, mais non, elles sont de formats différents. Cette différence, chaque fois différente, pose un mystérieux problème à cet homme. Quelquefois on peut mélanger les grandes toiles et les petites toiles. Cette fois-ci, ce n'est pas possible. Il ne sait pas pourquoi, mais il sait qu'il doit en tenir compte.

Il parle seul, haut, quelquefois sa voix s'accélère et elle crie. On ne sait pas pour la peinture s'il crie tandis qu'elle se fait. On sait qu'elle se fait tout le temps, le jour et la nuit, pendant le sommeil de cet homme ou son éveil.

Cet homme parle un français personnel. Tout ce qu'il est en train de dire il le dit dans ce français qu'il est seul à parler. Il s'est arrêté de progresser dans cette langue. Ça lui prenait le temps et ce n'était pas la peine.

Il parle de l'accrochage de ses toiles. Il va le faire lui-même. Il parle de ça. Il dit où, à quel endroit de la ville l'Exposition a lieu, c'est le long de la Seine, un ancien atelier de reliure.

L'homme dit qu'il y a sept années qu'il n'a pas montré sa peinture. Il a un autre travail dans la vie, il le fait d'ailleurs avec beaucoup de plaisir, là n'est pas la question. L'envie de montrer ce qu'il peint lui est revenue brusquement très fort, avant le printemps. Il dit : sept années, c'est juste que je recommence, je trouve, non ?

Il parle de plus en plus vite, il s'excuse, il dit que c'est la nervosité. Sept années. Il dit : j'ai tout arrêté. Je me suis enfermé ici pendant quatre mois. Au bout de quatre mois l'exposition était prête. Il dit que ce qui compte c'est la détermination.

Il fallait bien qu'il y arrive.
Il commence à montrer les toiles de l'Exposition.

Une à une il les prend et une fois arrivé au mur opposé à celui contre lequel elles étaient, il les retourne. Qu'il les porte ou qu'il les retourne, il continue à parler. Quelquefois on dirait qu'il hésite à les retourner, puis il le fait, il les retourne.

Il parle toujours d'un ordre qu'il voudrait observer dans l'exposition. Il ne voudrait pas que les toiles soient mises en valeur les unes par rapport aux autres. Il voudrait un ordre naturel qui ferait que les toiles soient toutes à égalité de situation sur les murs de l'exposition. En aucun cas il ne faudrait que les toiles soient isolées, régnantes ou bien perdues. Il faudrait qu'elles soient ensemble, qu'elles se touchent presque les unes les autres, presque, oui, c'est ça. Qu'elles ne soient pas séparées comme elles le sont ici, tu comprends ?

Dans des éclatements, toile par toile, la peinture arrive dans la lumière.

L'homme dit que ce sont des toiles de la même personne qui ont été faites dans le même moment de la vie de cette personne. C'est pourquoi il veut les accrocher toutes ensemble, ça le préoccupe beaucoup, il voudrait non pas qu'elles ne fassent qu'un, non, ce n'est pas ça du tout, du tout, mais qu'elles soient toutes les unes auprès des autres dans un rapprochement naturel, juste, dont lui seul est responsable, dont lui seul devrait savoir de quelle valeur il doit être.

Il parle beaucoup de la distance qui sépare les toiles. Il dit qu'il faudrait presque rien quelquefois. Et peut-être parfois rien, qu'elles soient collées l'une l'autre, oui, quelquefois. Il ne sait pas au fond. Il est dans le même état que nous devant cette peinture qu'il a faite, débordé.

La peinture est livrée dans le bruit d'un discours continu. L'homme parle pour que le bruit de la parole ait lieu tandis que la peinture entre dans la lumière. Il parle pour qu'une gêne se produise, pour qu'apparaisse enfin la délivrance de la douleur.

À la fin on le laisse faire seul son travail de cheval de carrière, on le laisse à son malheur, à cette obligation infernale qui passe outre à tout commentaire, à toute métaphore, à toute ambiguïté. C'est-à-dire qu'on le laisse à sa propre histoire. On est entré dans la violence de la peinture qu'il a faite. On la regarde, elle, on ne le regarde pas, lui, l'homme qui parle, le peintre, celui qui se débat dans le continent de silence. On la regarde, elle seule. L'homme qui parle est celui qui a fait ça sans connaissance de le faire, en dehors du sens, dans une distraction capitale.

On peut toujours dire : toutes les toiles vont à la même vitesse. Quelquefois elles passent sur des ailes, comme guidées. Quelquefois il semble que la force qui les emmène soit montrée comme une vague qui se recouvre d'elle-même, de sa couleur bleu-noir.

Que vers le haut, quand on remonte vers les forces, dans le ciel, il y aurait peut-être un visage d'un enfant qui dort. C'est à peine un enfant, à peine un ciel, rien qui puisse se dire. Rien. Mais la peinture entière.

Qu'une chambre blanche au sol blanc traverse, ouverte sur le vide, à un battant de porte il est resté un morceau de rideau blanc.

Qu'il y a aussi des bestiaux sans identité, des poches de boursouflures, de la douceur d'une très ancienne peinture qui, elle, les aurait identifiés. Des signes qui ont l'air d'être des choses. Des troncs d'arbres qui partent, quittent. Des tronçons de serpents de mer dans des humidités de source, de mousse. Des ruissellements, des surgissements, des rapprochements possibles entre l'idée, la chose, la permanence de la chose, son inanité, la matière de l'idée, de la couleur, de la lumière, et Dieu sait quoi encore.

ŒUVRES DE MARGUERITE DURAS

LES IMPUDENTS (1943, *roman*, Plon — 1992, Gallimard).

LA VIE TRANQUILLE (1944, *roman*, Gallimard).

UN BARRAGE CONTRE LE PACIFIQUE (1950, *roman*, Gallimard).

LE MARIN DE GIBRALTAR (1952, *roman*, Gallimard).

LES PETITS CHEVAUX DE TARQUINIA (1953, *roman*, Gallimard).

DES JOURNÉES ENTIÈRES DANS LES ARBRES, *suivi de* LE BOA — MADAME DODIN — LES CHANTIERS (1954, *récits*, Gallimard).

LE SQUARE (1955, *roman*, Gallimard).

MODERATO CANTABILE (1958, *roman*, Éditions de Minuit).

LES VIADUCS DE LA SEINE-ET-OISE (1959, *théâtre*, Gallimard).

DIX HEURES ET DEMIE DU SOIR EN ÉTÉ (1960, *roman*, Gallimard).

HIROSHIMA MON AMOUR (1960, *scénario et dialogues*, Gallimard).

UNE AUSSI LONGUE ABSENCE (1961, *scénario et dialogues*, en collaboration avec Gérard Jarlot, Gallimard).

L'APRÈS-MIDI DE MONSIEUR ANDESMAS (1962, *récit*, Gallimard).

LE RAVISSEMENT DE LOL V. STEIN (1964, *roman*, Gallimard).

THÉÂTRE I : LES EAUX ET FORÊTS — LE SQUARE — LA MUSICA (1965, Gallimard).

LE VICE-CONSUL (1965, *roman*, Gallimard).

LA MUSICA (1966, *film*, coréalisé par Paul Seban, distr. Artistes associés).

L'AMANTE ANGLAISE (1967, *roman*, Gallimard).

L'AMANTE ANGLAISE (1968, *théâtre*, Cahiers du Théâtre national populaire).

THÉÂTRE II : SUZANNA ANDLER — DES JOURNÉES ENTIÈRES DANS LES ARBRES — YES, PEUT-ÊTRE — LE SHAGA — UN HOMME EST VENU ME VOIR (1968, Gallimard).

DÉTRUIRE, DIT-ELLE (1969, Éditions de Minuit).

DÉTRUIRE, DIT-ELLE (1969, *film*, distr. Benoît-Jacob).

ABAHN, SABANA, DAVID (1970, Gallimard).

L'AMOUR (1971, Gallimard).

JAUNE LE SOLEIL (1971, *Film*, distr. Films Molière).

NATHALIE GRANGER (1972, *film*, distr. Films Molière).

INDIA SONG (1973, *texte, théâtre, film*, Gallimard).

LA FEMME DU GANGE (1973, *film*, distr. Benoît-Jacob).

NATHALIE GRANGER, *suivi de* LA FEMME DU GANGE (1973, Gallimard).

LES PARLEUSES (1974, *entretiens avec Xavière Gauthier*, Éditions de Minuit).

INDIA SONG (1975, *film*, distr. Films Armorial).

BAXTER, VERA BAXTER (1976, *film*, distr. N.E.F. Diffusion).

SON NOM DE VENISE DANS CALCUTTA DÉSERT (1976, *film*, distr. Benoît-Jacob).

DES JOURNÉES ENTIÈRES DANS LES ARBRES (1976, *film*, distr. Benoît-Jacob).

LE CAMION (1977, *film*, distr. D.D. Prod.).

LE CAMION, *suivi de* ENTRETIEN AVEC MICHELLE PORTE (1977, Éditions de Minuit).

LES LIEUX DE MARGUERITE DURAS (1977, *en collaboration avec Michelle Porte*, Éditions de Minuit).

L'ÉDEN CINÉMA (1977, *théâtre*, Gallimard).

LE NAVIRE NIGHT (1978, *film*, Films du Losange).

LE NAVIRE NIGHT *suivi de* CÉSARÉE, LES MAINS NÉGATIVES, AURÉLIA STEINER, AURÉLIA STEINER, AURÉLIA STEINER (1979, Mercure de France).

CÉSARÉE (1979, *film*, Films du Losange).

LES MAINS NÉGATIVES (1979, *film*, Films du Losange).

AURÉLIA STEINER, *dit* AURÉLIA MELBOURNE (1979, *film*, Films Paris-Audiovisuels).

AURÉLIA STEINER, *dit* AURÉLIA VANCOUVER (1979, *film*, Films du Losange).

VERA BAXTER OU LES PLAGES DE L'ATLANTIQUE (1980, Albatros).

L'HOMME ASSIS DANS LE COULOIR (1980, *récit*, Éditions de Minuit).

L'ÉTÉ 80 (1980, Éditions de Minuit).

LES YEUX VERTS (1980, Cahiers du cinéma).

AGATHA (1981, Éditions de Minuit).

AGATHA ET LES LECTURES ILLIMITÉES (1981, *film*, prod. Berthemont).

OUTSIDE (1981, Albin Michel, rééd. P.O.L., 1984).

LA JEUNE FILLE ET L'ENFANT (1981, *cassette*, Des Femmes éd., adaptation de L'ÉTÉ 80 par Yann Andréa, lue par Marguerite Duras).

DIALOGUE DE ROME (1982, *film*, prod. Coop. Longa Gittata, Rome).

L'HOMME ATLANTIQUE (1981, *film*, prod. Berthemont).

L'HOMME ATLANTIQUE (1982, *récit*, Éditions de Minuit).

SAVANNAH BAY (1re éd. 1982, 2e éd. augmentée, 1983, Éditions de Minuit).

LA MALADIE DE LA MORT (1982, *récit*, Éditions de Minuit).

THÉÂTRE III : LA BÊTE DANS LA JUNGLE, *d'après Henry James, adaptation de James Lord et Marguerite Duras* — LES PAPIERS D'ASPERN, *d'après Henry James, adaptation de Marguerite Duras et Robert Antelme* — LA DANSE DE MORT, *d'après August Strindberg, adaptation de Marguerite Duras* (1984, Gallimard).

L'AMANT (1984, Éditions de Minuit).

LA DOULEUR (1985, P.O.L.).

LA MUSICA DEUXIÈME (1985, Gallimard).

LA MOUETTE DE TCHEKHOV (1985, Gallimard).

LES ENFANTS, *avec Jean Mascolo et Jean-Marc Turine* (1985, *film*).

LES YEUX BLEUS, CHEVEUX NOIRS (1986, *roman*, Éditions de Minuit).

LA PUTE DE LA CÔTE NORMANDE (1986, Éditions de Minuit).

LA VIE MATÉRIELLE (1987, P.O.L., 1994, Gallimard).

EMILY L. (1987, *roman*, Éditions de Minuit).

LA PLUIE D'ÉTÉ (1990, P.O.L.).

L'AMANT DE LA CHINE DU NORD (1991, Gallimard).

LE THÉÂTRE DE L'AMANTE ANGLAISE (1991, Gallimard).

YANN ANDRÉA STEINER (1992, P.O.L.).

ÉCRIRE (1993, Gallimard).

LE MONDE EXTÉRIEUR (1993, P.O.L.).

Adaptations

LA BÊTE DANS LA JUNGLE, d'après une nouvelle de Henry James. *Adaptation de James Lord et de Marguerite Duras.*

MIRACLE EN ALABAMA, de William Gibson. *Adaptation de Marguerite Duras et Gérard Jarlot* (1963, L'Avant-Scène).

LES PAPIERS D'ASPERN, de Michael Redgrave, *d'après une nouvelle de Henry James. Adaptation de Marguerite Duras et Robert Antelme* (1970, Éd. Paris-Théâtre).

HOME, de David Storey. *Adaptation de Marguerite Duras* (1973, Gallimard).

Impression Bussière à Saint-Amand (Cher),
le 22 septembre 1995.
Dépôt légal : septembre 1995.
Numéro d'imprimeur : 2456.
ISBN 2-07-039376-3./Imprimé en France.

72499